Mme Schw

Roman de Renart

Librio
Texte intégral

Prologue

Où l'on voit comment le Goupil et le Loup vinrent au monde, et pourquoi le premier s'appellera Renart, le second Ysengrin.

Seigneurs, vous avez assurément entendu conter bien des histoires : on vous a dit de Pâris comment il ravit Hélène, et de Tristan comme il fit le lai du Chevrefeuil ; vous savez le dit du Lin et de la Brebis, nombre de fables et chansons de geste : mais vous ne connaissez pas la grande guerre, qui ne finira jamais, de Renart et de son compère Ysengrin. Si vous voulez, je vous dirai comment la querelle prit naissance et, avant tout, comment vinrent au monde les deux barons.

Un jour, j'ouvris une armoire secrète, et j'eus le bonheur d'y trouver un livre qui traitait de la chasse. Une grande lettre vermeille arrêta mes yeux ; c'était le commencement de la vie de Renart. Si je ne l'avais pas lue, j'aurais pris pour un homme ivre celui qui me l'eût contée ; mais on doit du respect à l'écriture et, vous le savez, celui qui n'a pas confiance aux livres est en danger de mauvaise fin.

Le Livre nous dit donc que le bon Dieu, après avoir puni nos premiers parents comme ils le méritaient, et dès qu'ils furent chassés du Paradis, eut pitié de leur sort. Il mit une baguette entre les mains d'Adam et lui dit que, pour obtenir ce qui lui conviendrait le mieux, il suffisait d'en frapper la mer. Adam ne tarda pas à faire l'épreuve : il étendit la baguette sur la grande eau salée ; soudain il en vit sortir une brebis.

« Voilà, se dit-il, qui est bien ; la brebis restera près de nous, nous en aurons de la laine, des fromages et du lait. »

Ève, à l'aspect de la brebis, souhaita quelque chose de mieux. Deux brebis, pensa-t-elle, vaudront mieux qu'une. Elle pria donc son époux de la laisser frapper à son tour. Adam (nous le savons pour notre malheur), ne pouvait rien refuser à sa femme : Ève reçut de lui la baguette et l'étendit sur les flots ; aussitôt parut un méchant animal, un loup, qui, s'élançant sur la brebis l'emporta vers la forêt voisine. Aux cris douloureux d'Ève, Adam reprit la baguette : il frappe ; un chien s'élance à la poursuite du loup, puis revient, ramenant la brebis déjà sanglante.

Grande alors fut la joie de nos premiers parents. Chien et brebis, dit le Livre, ne peuvent vivre sans la compagnie de l'homme. Et toutes les fois qu'Adam et Ève firent usage de la baguette, de nouveaux animaux sortirent de la mer : mais avec cette différence qu'Adam faisait naître les bêtes apprivoisées, Ève les animaux sauvages qui tous, comme le loup, prenaient le chemin des bois.

Au nombre des derniers se trouva le goupil, au poil roux, au naturel malfaisant, à l'intelligence assez subtile pour décevoir toutes les bêtes du monde. Le goupil ressemblait singulièrement à ce maître-passé dans tous les genres de fourberies, qu'on appelait Renart, et qui donne encore aujourd'hui son nom à tous ceux qui font leur étude de tromper et mentir. Renart est aux hommes ce que le goupil est aux bêtes : ils sont de la même nature ; mêmes inclinations, mêmes habitudes ; ils peuvent donc prendre le nom l'un de l'autre.

Or Renart avait pour oncle sire Ysengrin, homme de sang et de violence, patron de tous ceux qui vivent de meurtre et de rapine. Voilà pourquoi, dans nos récits, le nom du loup va se confondre avec celui d'Ysengrin.

Dame Hersent, digne épouse du larron Ysengrin, cœur rempli de félonie, visage rude et couperosé, sera, par une raison pareille, la marraine de la louve. L'une fut insatiable autant que l'autre est gloutonne : mêmes dispositions, même caractère ; filles, par conséquent, de la même mère. Il faut pourtant l'avouer : il n'y a pas eu de parenté véritable entre le loup et le goupil : seulement, quand ils se visitaient et qu'il y avait entre eux communauté d'intérêts et d'entreprises, le loup traitait souvent le goupil de beau neveu ; l'autre le nommait son oncle et son compère. Quant à la femme de Renart, dame Richeut, on peut dire qu'elle ne cède pas en fourbe à la goupille, et que si l'une est chatte, l'autre est mitte. Jamais on ne vit deux couples mieux assortis ; même penchant à la ruse dans Renart et dans le goupil ; même rapacité dans la goupille et dans Richeut.

Et maintenant, Seigneurs, que vous connaissez Ysengrin le loup et Renart le goupil, n'allez pas vous émerveiller de voir ici parler le goupil et le loup, comme pouvaient le faire Ysengrin et

Renart : les bons frères qui demeurent à notre porte, racontent que la même chose arriva jadis à l'ânesse d'un prophète que j'ai entendu nommer Balaam. Le roi Balaac lui avait fait promettre de maudire les enfants d'Israël ; Notre Seigneur qui ne le voulut souffrir, plaça devant l'ânesse son ange armé d'un glaive étincelant. Balaam eut beau frapper la pauvre bête, le fouet, le licou, les talons n'y faisaient rien ; enfin, l'ânesse, avec la permission de Dieu, se mit à dire :

« Laissez-moi, Balaam, ne me frappez pas ; ne voyez-vous pas Dieu qui m'empêche d'avancer ? »

Assurément, Dieu peut, et vous n'en doutez pas, donner également la parole à toutes les autres bêtes ; il ferait même plus encore : il déciderait un usurier à ouvrir par charité son escarcelle. Cela bien entendu, écoutez tout ce que je sais de la vie de Renart et d'Ysengrin.

Livre premier

Les bacons d'Ysengrin

Comment Renart emporta de nuit les bacons d'Ysengrin.

Renart, un matin, entra chez son oncle, les yeux troubles, la pelisse hérissée.

« Qu'est-ce, beau neveu ? tu parais en mauvais point, dit le maître du logis ; serais-tu malade ?

— Oui ; je ne me sens pas bien.

— Tu n'as pas déjeuné ?

— Non, et même je n'en ai pas envie.

— Allons donc ! Çà, dame Hersent, levez-vous tout de suite, préparez à ce cher neveu une brochette de rognons et de rate ; il ne la refusera pas. »

Hersent quitte le lit et se dispose à obéir. Mais Renart attendait mieux de son oncle ; il voyait trois beaux bacons suspendus au faîte de la salle, et c'est leur fumet qui l'avait attiré.

« Voilà, dit-il, des bacons bien aventurés ! savez-vous, bel oncle, que si l'un de vos voisins (n'importe lequel, ils se valent tous) les apercevait, il en voudrait sa part ? À votre place, je ne perdrais pas un moment pour les détacher, et je dirais bien haut qu'on me les a volés.

— Bah ! fit Ysengrin, je n'en suis pas inquiet ; et tel peut les voir qui n'en saura jamais le goût.

— Comment ! si l'on vous en demandait ?

— Il n'y a demande qui tienne ; je n'en donnerais pas à mon neveu, à mon frère, à qui que ce soit au monde. »

Renart n'insista pas ; il mangea ses rognons et prit congé. Mais, le surlendemain, il revint à la nuit fermée devant la maison d'Ysengrin. Tout le monde y dormait. Il monte sur le faîte, creuse et ménage une ouverture, passe, arrive aux bacons, les emporte, revient chez lui, les coupe en morceaux et les cache dans la paille de son lit.

Cependant le jour arrive ; Ysengrin ouvre les yeux : Qu'est cela ? le toit ouvert, les bacons, ses chers bacons enlevés !

« Au secours ! au voleur ! Hersent ! Hersent ! nous sommes perdus ! »

Hersent, réveillée en sursaut, se lève échevelée :

« Qu'y a-t-il ? Oh ! quelle aventure ! Nous, dépouillés par les voleurs ! À qui nous plaindre ! »

Ils crient à qui mieux mieux, mais ils ne savent qui accuser ; ils se perdent en vains efforts pour deviner l'auteur d'un pareil attentat.

Renart cependant arrive : il avait bien mangé, il avait le visage reposé, satisfait.

« Eh ! bel oncle, qu'avez-vous ? vous me paraissez en mauvais point ; seriez-vous malade ?

— Je n'en aurais que trop sujet ; nos trois beaux bacons, tu sais ? on me les a pris !

— Ah ! répond en riant Renart, c'est bien cela ! oui, voilà comme il faut dire : on vous les a pris. Bien, très bien ! mais, oncle, ce n'est pas tout, il faut le crier dans la rue, que vos voisins n'en puissent douter.

— Eh ! je te dis la vérité ; on m'a volé mes bacons, mes beaux bacons.

— Allons ! reprend Renart, ce n'est pas à moi qu'il faut dire cela : tel se plaint, je le sais, qui n'a pas le moindre mal. Vos bacons, vous les avez mis à l'abri des allants et venants ; vous avez bien fait, je vous approuve fort.

— Comment ! mauvais plaisant, tu ne veux pas m'entendre ? je te dis qu'on m'a volé mes bacons.

— Dites, dites toujours.

— Cela n'est pas bien, fait alors dame Hersent, de ne pas nous croire. Si nous les avions, ce serait pour nous un plaisir de les partager, vous le savez bien.

— Je sais que vous connaissez les bons tours. Pourtant ici tout n'est pas profit : voilà votre maison trouée ; il le fallait, j'en suis d'accord, mais cela demandera de grandes réparations. C'est par là que les voleurs sont entrés, n'est-ce pas ? c'est par là qu'ils se sont enfuis ?

— Oui, c'est la vérité.

— Vous ne sauriez dire autre chose.

— Malheur en tout cas, dit Ysengrin, roulant des yeux, à qui m'a pris mes bacons, si je viens à le découvrir ! »

Renart ne répondit plus ; il fit une belle moue, et s'éloigna en ricanant sous cape. Telle fut la première aventure, les *Enfances* de Renart. Plus tard il fit mieux, pour le malheur de tous, et surtout de son cher compère Ysengrin.

Renart et Chantecler

Comment Renart entra dans la ferme de Constant Desnois ; comment il emporta Chantecler et comment il ne le mangea pas.

Puis, un autre jour, il arrive à Renart de se présenter devant un village au milieu des bois, fort abondamment peuplé de coqs, poules, jars, oisons et canards. Dans le plessis, messire Constant Desnois, un vilain fort à l'aise, avait sa maison abondamment garnie des meilleures provisions, de viandes fraîches et salées. D'un côté, des pommes et des poires ; de l'autre le parc aux bestiaux, formé d'une enceinte de pieux de chêne recouverts d'aubépins touffus.

C'est là que Constant Desnois tenait ses poules à l'abri de toute surprise. Renart, entré dans le plessis, s'approche doucement de la clôture. Mais les épines entrelacées ne lui permettent pas de franchir la palissade. Il entrevoit les poules, il suit leurs mouvements, mais il ne sait comment les joindre. S'il quitte l'endroit où il se tenait accroupi, et si même il ose tenter de bondir au-dessus de la barrière, il sera vu sans aucun doute, et pendant que les poules se jetteront dans les épines, on lui donnera la chasse, on le happera, il n'aura pas le temps d'ôter une plume au moindre poussin. Il a beau se battre les flancs et, pour attirer les poules, baisser le cou, agiter le bout de sa queue, rien ne lui réussit.

Enfin, dans la clôture, il avise un pieu rompu qui lui promet une entrée facile : il s'élance et tombe dans une plate-bande de choux que le vilain avait ménagée. Mais le bruit de sa chute avait donné l'éveil à la volatile ; les poules effrayées se sauvent vers les bâtiments. Ce n'était pas le compte de Renart. D'un autre côté, Chantecler le coq revenait d'une reconnaissance dans la haie ; il voit fuir ses vassales, et ne comprenant rien à leur effroi, il les rejoint la plume abaissée, le col tendu. Alors, d'un ton de reproche et de mécontentement :

« Pourquoi cette presse à regagner la maison ? Êtes-vous folles ? »

Pinte, la meilleure tête de la troupe, celle qui pond les plus gros œufs, se charge de la réponse :

« C'est que nous avons eu bien peur.

— Et de quoi ? Est-ce au moins de quelque chose ?

— Oui.

— Voyons.

— C'est d'une bête des bois qui pouvait nous mettre en mauvais point.

— Allons ! dit le coq, ce n'est rien apparemment ; restez, je réponds de tout.

— Oh ! tenez, cria Pinte, je viens encore de l'apercevoir.

— Vous ?

— Oui ; au moins ai-je vu remuer la haie et trembler les feuilles de chou sous lesquelles il se tient caché.

— Taisez-vous, sotte que vous êtes, dit fièrement Chantecler, comment un goupil, un putois même pourrait-il entrer ici : la haie n'est-elle pas trop serrée ? Dormez tranquilles ; après tout, je suis là pour vous défendre. »

Chantecler dit, et s'en va gratter un fumier qui semblait l'intéresser vivement. Cependant, les paroles de Pinte lui revenaient, et sans savoir ce qui lui pendait à l'œil, il affectait une tranquillité qu'il n'avait pas. Il monte sur la pointe d'un toit, là, un œil ouvert et l'autre clos, un pied crochu et l'autre droit, il observe et regarde çà et là par intervalles, jusqu'à ce que las de veiller et de chanter, il se laisse involontairement aller au sommeil. Alors il est visité par un songe étrange : il croit voir un objet qui de la cour s'avance vers lui, et lui cause un frisson mortel. Cet objet lui présentait une pelisse rousse engoulée ou bordée de petites pointes blanches ; il endossait la pelisse fort étroite d'entrée, et, ce qu'il ne comprenait pas, il la revêtait par le collet, si bien qu'en y entrant, il allait donner de la tête vers la naissance de la queue. D'ailleurs, la pelisse avait la fourrure en dehors, ce qui était tout à fait contre l'usage des pelisses.

Chantecler épouvanté tressaille et se réveille :

« Saint-Esprit ! dit-il en se signant, défends mon corps de mort et de prison ! »

Il saute en bas du toit et va rejoindre les poules dispersées sous les buissons de la haie. Il demande Pinte, elle arrive.

« Ma chère Pinte, je te l'avoue, je suis inquiet à mon tour.

— Vous voulez vous railler de nous apparemment, répond la poule ; vous êtes comme le chien qui crie avant que la pierre ne le touche. Voyons, que vous est-il arrivé ?

— Je viens de faire un songe étrange, et vous allez m'en dire votre avis. J'ai cru voir arriver à moi je ne sais quelle chose portant une pelisse rousse, bien taillée sans trace de ciseaux. J'étais contraint à m'en affubler ; la bordure avait la blancheur et la dureté de l'ivoire ; la fourrure était en dehors, on me la passait en sens contraire, et comme j'essayais de m'en débarrasser, je tressaillis et me réveillai. Dites-moi, vous qui êtes sage, ce qu'il faut penser de tout cela.

— Eh bien tout cela, dit sérieusement Pinte, n'est que songe, et tout songe, dit-on, est mensonge. Cependant je crois deviner ce que le vôtre peut annoncer. L'objet porteur d'une rousse pelisse n'est autre que le goupil, qui voudra vous en affubler. Dans la bordure semblable à des grains d'ivoire, je reconnais les dents blanches dont vous sentirez la solidité. L'encolure si étroite de la pelisse c'est le gosier de la méchante bête ; par elle passerez-vous et pourrez-vous de votre tête toucher la queue dont la fourrure sera en dehors. Voilà le sens de votre songe ; et tout cela pourra bien vous arriver avant midi. N'attendez donc pas, croyez-moi ; lâchons tous le pied, car je vous le répète, il est là, là dans ce buisson, épiant le moment de vous happer. »

Mais Chantecler, entièrement réveillé, avait repris sa première confiance.

« Pinte, ma mie, dit-il, voilà de vos terreurs, et votre faiblesse ordinaire. Comment pouvez-vous supposer que moi, je me laisse prendre par une bête cachée dans notre parc ! Vous êtes folle en vérité, et bien fou celui qui s'épouvante d'un rêve.

— Il en sera donc, dit Pinte, ce que Dieu voudra : mais que je n'aie plus la moindre part à vos bonnes grâces, si le songe que vous m'avez raconté demande une autre explication.

— Allons, allons, ma toute belle, dit Chantecler en se rengorgeant, assez de caquet comme cela. »

Et de retourner au tas qu'il se plaisait à gratiller. Peu de temps après, le sommeil lui avait de nouveau fermé les yeux.

Or Renart n'avait rien perdu de l'entretien de Chantecler et de Pinte. Il avait vu avec satisfaction la confiance du coq, et quand il le crut bien rendormi, il fit un mouvement, mit doucement un pas devant l'autre, puis s'élança pour le happer d'un seul bond. Mais si doucement ne put-il avancer que Chantecler ne le devinât, et n'eût le temps de faire un saut et d'éviter l'atteinte, en volant de l'autre côté du fumier. Renart voit avec dépit qu'il a manqué son coup ; et maintenant, le moyen de retenir la proie qui lui échappe ?

« Ah ! mon Dieu, Chantecler, dit-il de sa voix la plus douce, vous vous éloignez comme si vous aviez peur de votre meilleur ami. De grâce, laissez-moi vous dire combien je suis heureux de vous voir si dispos et si agile. Nous sommes cousins germains, vous savez. »

Chantecler ne répondit pas, soit qu'il restât défiant, soit que le plaisir de s'entendre louer par un parent qu'il avait méconnu lui ôtât la parole. Mais pour montrer qu'il n'avait pas peur, il entonna un brillant sonnet.

« Oui, c'est assez bien chanté, dit Renart, mais vous souvient-il du bon Chanteclin qui vous mit au monde ? Ah ! c'est lui qu'il fallait entendre. Jamais personne de sa race n'en approchera. Il avait, je m'en souviens, la voix si haute, si claire, qu'on l'écoutait une lieue à la ronde, et pour prolonger les sons tout d'une haleine, il lui suffisait d'ouvrir la bouche et de fermer les yeux.

— Cousin, fait alors Chantecler, vous voulez apparemment railler.

— Moi railler un ami, un parent aussi proche ? ah ! Chantecler, vous ne le pensez pas. La vérité c'est que je n'aime rien tant que la bonne musique, et je m'y connais. Vous chanteriez bien si vous vouliez ; clignez seulement un peu de l'œil, et commencez un de vos meilleurs airs.

— Mais d'abord, dit Chantecler, puis-je me fier à vos paroles ? éloignez-vous un peu, si vous voulez que je chante : vous jugerez mieux, à distance, de l'étendue de mon fausset.

— Soit, dit Renart, en reculant à peine, voyons donc, cousin, si vous êtes réellement fils de mon bon oncle Chanteclin. »

Le coq, un œil ouvert l'autre fermé, et toujours un peu sur ses gardes, commence alors un grand air.

« Franchement, dit Renart, cela n'a rien de vraiment remarquable ; mais Chanteclin, ah ! c'était lui : quelle différence ! Dès qu'il avait fermé les yeux, il prolongeait les traits au point qu'on l'entendait bien au-delà du plessis. Franchement, mon pauvre ami, vous n'en approchez pas. » Ces mots piquèrent assez Chantecler pour lui faire oublier tout, afin de se relever dans l'estime de son cousin : il cligna des yeux, il lança une note qu'il prolongeait à perte d'haleine, quand l'autre croyant le bon moment venu, s'élance comme une flèche, le saisit au col et se met à la fuite avec sa proie. Pinte qui le suivait des yeux, pousse alors un cri des plus aigus.

« Ah ! Chantecler, je vous l'avais bien dit ; pourquoi ne m'avoir pas crue ! Voilà Renart qui vous emporte. Ah ! pauvre dolente ! Que vais-je devenir, privée de mon époux, de mon seigneur, de tout ce que j'aimais au monde ! »

Cependant au moment où Renart saisissait le pauvre coq, le jour tombait, et la vieille femme, gardienne de l'enclos, ouvrait la porte du poulailler. Elle appelle Pinte, Bise, Roussette ; personne ne répond ; elle lève les yeux, elle voit Renart emportant Chantecler à toutes jambes.

« Haro, Haro ! s'écria-t-elle, au Renart, au voleur ! », et les vilains d'accourir de tous côtés.

« Qu'y a-t-il ? pourquoi cette clameur ?

— Haro ! crie de nouveau la vieille, le goupil emporte mon coq.

— Eh ! pourquoi, méchante vieille, dit Constant Desnois, l'avez-vous laissé faire ?

— Parce qu'il n'a pas voulu m'attendre.

— Il fallait le frapper.

— Avec quoi ?

— De votre quenouille.

— Il courait trop fort : vos chiens bretons ne l'auraient pas rejoint.

— Par où va-t-il ?

— De ce côté ; tenez, le voyez-vous là-bas ? »

Renart franchissait alors les haies ; mais les vilains l'entendirent tomber de l'autre côté et tout le monde se mit à sa poursuite. Constant Desnois lâche Mauvoisin, son gros dogue. On retrouve la piste, on l'approche, on va l'atteindre. *Le goupil ! le goupil !* Renart n'en courait que plus vite.

« Sire Renart, dit alors le pauvre Chantecler d'une voix entrecoupée, laisserez-vous ainsi maugréer ces vilains ? À votre place je m'en vengerais, et je les tromperais à mon tour. Quand Constant

Desnois dira à ses valets : *Renart l'emporte ;* répondez : *Oui, à votre nez, et malgré vous.* Cela seul les fera taire. »

On l'a dit bien souvent ; il n'est sage qui parfois ne s'égare. Renart, le trompeur universel, fut ici trompé lui-même, et quand il entendit la voix de Constant Desnois, il prit plaisir à lui répondre : *Oui, vilains, je prends votre coq, et malgré vous.* Mais Chantecler, dès qu'il ne sent plus l'étreinte des dents, fait un effort, échappe, bat des ailes, et le voilà sur les hautes branches d'un pommier voisin, tandis que, dépité et surpris, Renart revient sur ses pas et comprend la sottise irréparable qu'il a faite.

« Ah ! mon beau cousin, lui dit le coq, voilà le moment de réfléchir sur les changements de fortune.

— Maudit soit, dit Renart, la bouche qui s'avise de parler quand elle doit se taire !

— Oui, reprend Chantecler, et la malegoute crève l'œil qui va se fermer quand il devait s'ouvrir plus grand que jamais. Voyez-vous, Renart, fol toujours sera qui de rien vous croira : au diable votre beau cousinage ! J'ai vu le moment où j'allais le payer bien cher ; mais pour vous, je vous engage à jouer des jambes, si pourtant vous tenez à votre pelisse. »

Renart ne s'amusa pas à répondre. Une fourrée le mit à l'abri des chasseurs. Il s'éloigna l'âme triste et la panse vide, tandis que le coq, longtemps avant le retour des vilains, regagnait joyeusement l'enclos, et rendait par sa présence le calme à tant d'amies que son malheur avait douloureusement affectées.

Renart et Noiret

Comment Berton le Maire fut trompé par Renart, et comment Renart fut trompé par Noiret.

Pierre, qui vint au monde à Saint-Cloud, cédant au désir de ses amis, a longtemps veillé pour mettre en vers plusieurs joyeux tours de Renart, ce méchant nain dont tant de bonnes âmes ont eu droit de se plaindre. Si l'on veut faire un peu silence, on pourra trouver ici matière à plus d'un bon enseignement.

C'était au mois de mai, temps où monte la fleur sur l'aubépin, où les bois, les prés reverdissent, où les oiseaux disent, nuit et jour, chansons nouvelles. Renart seul n'avait pas toutes ses joies, même dans son château de Maupertuis : il était à la fin de ses ressources ; déjà sa famille, n'ayant plus rien à mettre sous la dent, poussait des cris lamentables, et sa chère Hermeline, nouvellement relevée, était surtout épuisée de besoin. Il se résigna donc à quitter cette retraite ; il partit, en jurant sur les saintes reliques de ne pas revenir sans rapporter au logis d'abondantes provisions.

Il entre dans le bois, laissant à gauche la route frayée ; car les chemins n'ont pas été faits pour son usage. Après mille et mille détours, il descend enfin dans la prairie.

« Ah ! sainte Marie ! dit-il alors, où trouver jamais lieux plus agréables ! C'est le Paradis terrestre ou peu s'en faut : des eaux, des fleurs, des bois, des monts et des prairies. Heureux qui pourrait vivre ici de sa pleine vie, avec une chasse toujours abondante et facile ! Mais les champs les plus verts, les fleurs les plus odorantes n'empêchent pas ce proverbe d'être vrai : *le besoin fait vieilles trotter.* »

Renart, en poussant un long gémissement, se remit à la voie. La faim, qui chasse le loup hors du bois, lui donnait des jambes. Il descend, il monte, il épie de tous côtés si d'aventure quelque oiseau, quelque lapin ne vient pas à sa portée. Un sentier conduisait à la ferme voisine ; Renart le suit, résolu de visiter les lieux à ses risques et périls. Le voilà devant la clôture : mais tout en suivant les détours de haies et de sureaux, il dit une oraison pour que Dieu le garde de malencontre, et lui envoie de quoi rendre la joie à sa femme et à toute sa famille.

Avant d'aller plus loin, il est bon de vous dire que la ferme était au vilain le plus aisé qu'on pût trouver d'ici jusqu'à Troyes (j'entends Troyes la petite, celle où ne régna jamais le roi Priam). La maison tenant au plessis était abondamment pourvue de tout ce qu'il est possible de désirer à la campagne : bœufs et vaches, brebis et moutons ; des poules, des chapons, des œufs, du fromage et du lait. Heureux Renart, s'il peut trouver le moyen d'y entrer !

Mais c'était là le difficile. La maison, la cour et les jardins, tout était fermé de pieux longs, aigus et solides, protégés eux-mêmes par un fossé rempli d'eau. Je n'ai pas besoin d'ajouter que les jardins étaient ombragés d'arbres chargés des plus beaux fruits ; ce n'était pas là ce qui éveillait l'attention de Renart.

Le vilain avait nom Bertaud ou Berton le Maire ; homme assez peu subtil, très avare et surtout désireux d'accroître sa chevance. Plutôt que de manger une de ses poules, il eût laissé couper ses moustaches, et jamais aucun de ses nombreux chapons n'avait couru le danger d'entrer dans sa marmite. Mais il en envoyait chaque semaine un certain nombre au marché. Pour Renart il avait des idées toutes différentes sur le bon usage des chapons et des poules ; et s'il entre dans la ferme, on peut être sûr qu'il voudra juger par lui-même du goût plus ou moins exquis de ces belles pensionnaires.

De bonheur pour lui, Berton était, ce jour-là, seul à la maison. Sa femme venait de partir pour aller vendre son fil à la ville, et les garçons étaient dispersés dans les champs, chacun à son ouvrage. Renart, parvenu au pied des haies par un étroit sentier qui séparait deux champs de blé, aperçut tout d'abord, en plein soleil, nombre chapons, et Noiret tout au milieu, clignant les yeux d'un air indolent, tandis que près de lui, poules et poussins grattaient à qui mieux mieux la paille amassée derrière un buisson d'épines. Quel irritant aiguillon pour la faim qui le tourmentait ! Mais ici l'adresse et l'invention servaient de peu : il va, vient, fait et refait le tour des haies, nulle part la moindre trouée. À la fin, cependant, il remarque un pieu moins solidement tenu et comme pourri de vieillesse, près d'un sillon qui servait à l'écoulement des eaux grossies par les pluies d'orage. Il s'élance, franchit le ruisseau, se coule dans la haie, s'arrête, et déjà ses barbes frissonnent de plaisir à l'idée de la chair savoureuse d'un gros chapon qu'il avise. Immobile, aplati sous une tige épineuse, il guette le moment, il écoute. Cependant Noiret, dans toutes les joies de la confiance, se carre dans le jardin, appelle ses poules, les flatte ou les gourmande, et se rapprochant de l'endroit où Renart se tient caché, il y commence à gratteler. Tout à coup Renart paraît et s'élance ; il croit le saisir, mais il manque son coup. Noiret se jette vivement de côté, vole, saute et court en poussant des cris de détresse. Berton l'entend ; il sort du logis, cherche d'où vient le tumulte, et reconnaît bientôt le goupil à la poursuite de son coq.

« Ah ! c'est vous, maître larron ! vous allez avoir affaire à moi. »

Il rentre alors à la maison, pour prendre non pas une arme tranchante (il sait qu'un vilain n'a pas droit d'en faire usage contre une bête fauve), mais un filet enfumé, tressé je crois par le diable, tant le réseau en était habilement travaillé. C'est ainsi qu'il compte prendre le malfaiteur. Renart voit le danger et se blottit sous une grosse tête de chou. Berton, qui n'avait chassé ni volé de sa vie, se contente d'étendre les rets en travers sur la plate-bande, en criant le plus haut qu'il peut, pour mieux effrayer Renart :

« Ah ! le voleur, ah ! le glouton ! nous le tenons enfin ! »

Et ce disant, il frappait d'un bâton sur les choux, si bien que Renart, ainsi traqué, prend le parti de sauter d'un grand élan ; mais où ? en plein filet. Sa position devient de plus en plus mauvaise : le réseau le serre, l'enveloppe ; il est pris par les pieds, par le ventre, par le cou. Plus il se démène, plus il s'enlace et s'entortille. Le vilain jouit de son supplice :

« Ah ! Renart, ton jugement est rendu, te voilà condamné sans rémission. »

Et pour commencer la justice, Berton lève le pied qu'il vient poser sur la gorge du prisonnier. Renart prend son temps ; il saisit le talon, serre les dents, et les cris aigus de Berton lui servent de première vengeance. La douleur de la morsure fut même assez grande pour faire tomber le vilain sans connaissance ; mais revenu bientôt à lui, il fait de grands efforts pour se dégager ; il lève les poings, frappe sur le dos, les oreilles et le cou de Renart qui se défend comme il peut, sans pour cela desserrer les dents. Il fait plus : d'un mouvement habile, il arrête au passage la main droite de Berton, qu'il réunit au talon déjà conquis. Pauvre Berton, que venais-tu faire contre Renart ! Pourquoi ne pas lui avoir laissé coq, chapons et poules ! N'était-ce pas assez de l'avoir pris au filet ? *Tant gratte la chèvre que mal gist*, c'est un sage proverbe dont tu aurais bien dû te souvenir plus tôt.

Ainsi devenu maître du talon et de la main, Renart change de gamme, et prenant les airs vainqueurs :

« Par la foi que j'ai donnée à ma mie, tu es un vilain mort. Ne compte pas te racheter ; je n'en prendrais pas le trésor de l'empereur ; tu es là mieux enfermé que Charlemagne ne l'était dans Lançon. »

Rien ne peut alors se comparer à l'effroi, au désespoir du vilain. Il pleure des yeux, il soupire du cœur, il crie merci du ton le plus pitoyable.

« Ah ! pitié, sire Renart, pitié au nom de Dieu ! Ordonnez, dites ce que vous attendez de moi, j'obéirai ; voulez-vous me recevoir pour votre homme, le reste de ma vie ? Voulez-vous…

— Non, vilain, je ne veux rien : tout à l'heure tu m'accablais d'injures, tu jurais de n'avoir de moi merci : c'est mon tour à présent ; par saint Paul ! c'est toi dont on va faire justice, méchant larron ! je te tiens et je te garde, j'en prends à témoin saint Julien, qui te punira de m'avoir si mal hostelé.

— Monseigneur Renart, reprend le vilain en sanglotant, soyez envers moi miséricordieux : ne me faites pas du pis que vous pourriez. Je le sais, j'ai mépris envers vous, je m'en accuse humblement. Décidez de l'amende et je l'acquitterai. Recevez-moi comme votre homme, comme votre serf ; prenez ma femme et tout ce qui m'appartient. La composition n'en vaut-elle la peine ? Dans mon logis, vous trouverez tout à souhait, tout est à vous : je n'aurai jamais pièce dont vous ne receviez la dîme ; n'est-ce rien que d'avoir à son service un homme qui peut disposer de tant de choses ! »

Il faut le dire ici, à l'éloge de seigneur Renart, quand il entendit le vilain prier et pleurer pour avoir voulu défendre son coq, il se sentit ému d'une douce pitié.

« Allons, vilain, lui dit-il, tais-toi, ne pleure plus. Cette fois on pourra te pardonner ; mais que jamais tu n'y reviennes, car alors je ne veux revoir ni ma femme ni mes enfants si tu échappes à ma justice. Avant de retirer ta main et ton pied, tu vas prendre l'engagement de ne rien faire jamais contre moi. Puis, aussitôt lâché, tu feras acte d'hommage et mettras en abandon tout ce que tu possèdes.

— Je m'y accorde de grand cœur, dit le vilain, et le Saint-Esprit me soit garant que je serai trouvé loyal en toute occasion. »

Berton parlait sincèrement ; car au fond, malgré son avarice, il était prud'homme ; on pouvait croire en lui comme en un prêtre.

« J'ai, lui dit Renart, confiance en toi ; je sais que tu as renom de prudhommie. »

Il lui rend alors la liberté, et le premier usage que Berton en fait, c'est de se jeter aux genoux de Renart, d'arroser sa pelisse de ses larmes, d'étendre la main délivrée vers le moutier le plus voisin, en prononçant le serment de l'hommage dans la forme accoutumée.

« Maintenant, dit Renart, et avant tout, débarrasse-moi de ton odieux filet. »

Le vilain obéit, Renart est redevenu libre.

« Puisque tu es désormais tenu de faire mon bon vouloir, je vais sur-le-champ te mettre à l'épreuve. Tu sais ce beau Noiret que j'ai guetté toute la journée, il faut que tu me l'apportes ; je mets à ce prix mon amitié pour toi et ton affranchissement de l'hommage que tu as prononcé.

— Ah ! monseigneur, répondit Berton, pourquoi ne demandez-vous pas mieux ? Mon coq est dur et coriace, il a plus de deux ans. Je vous propose en échange trois tendres poulets, dont les chairs et les os seront assurément moins indignes de vous.

— Non, bel ami, reprend Renart, je n'ai cure de tes poulets ; garde-les et me vas chercher le coq. »

Le vilain gémit, ne répondit pas, s'éloigna, courut à Noiret, le chassa, l'atteignit, et le ramenant devant Renart :

« Voilà, sire, le Noiret que vous désirez : mais, par saint Mandé, je vous aurais donné plus volontiers mes deux meilleurs chapons. J'aimais beaucoup Noiret : il n'y eut jamais coq plus empressé, plus vigilant auprès de mes poules ; en revanche, il en était vivement chéri. Mais vous l'avez voulu, monseigneur, je vous le présente.

— C'est bien, Berton, je suis content, et pour le prouver, je te tiens quitte de ton hommage.

— Grand merci, seigneur Renart, Dieu vous le rende et madame Sainte Marie ! »

Berton s'éloigne, et Renart, tenant Noiret entre ses dents, prend le chemin de Maupertuis, joyeux de penser qu'il pourra bientôt partager avec Hermeline, sa bien-aimée, la chair et les os de la pauvre bête. Mais il ne sait pas ce qui lui pend encore à l'œil. En passant sous une voûte qui traversait le chemin d'un autre village, il entend le coq gémir et se plaindre. Renart, assez tendre ce jour-là, lui demande bonnement ce qu'il a tant à pleurer.

« Vous le savez bien, dit le coq ; maudite l'heure où je suis né ! devais-je être ainsi payé de mes services auprès de ce Berton, le plus ingrat des vilains !

— Pour cela, Noiret, dit Renart, tu as tort, et tu devrais montrer plus de courage. Écoute-moi un peu, mon bon Noiret. Le seigneur a-t-il droit de disposer de son serf ? Oui, n'est-ce pas ? aussi vrai que je suis chrétien, au maître de commander, au serf d'obéir. Le serf doit donner sa vie pour son maître ; bien plus, il ne saurait désirer de meilleure, de plus belle mort. Tu sais bien cela, Noiret, on te l'a cent fois répété. Eh bien ! sans toi, Berton aurait payé de sa personne : s'il ne t'avait pas eu pour racheter son corps, il serait mort à l'heure qu'il est. Reprends donc courage, ami Noiret : en échange d'une mort belle et glorieuse, tu auras la compagnie des anges, et tu jouiras, pendant l'éternité, de la vue de Dieu lui-même.

— Je le veux bien, sire Renart, répondit Noiret, ce n'est pas la mort qui m'afflige et me révolte ; car après tout, je finirai comme les Croisés, et je suis assuré, comme eux, d'une bonne soudée. Si je me désole, c'est pour les chapons mes bons amis, surtout pour ces chères et belles poules que vous avez vues le long des haies, et qui seront un jour mangées, sans le même profit pour leurs âmes. Allons ! n'y pensons plus. Mais donnez-moi du courage, seigneur Renart ; par exemple, vous feriez une bonne œuvre si vous me disiez une petite chanson pieuse pour m'aider à mieux gagner l'entrée du Paradis. J'oublierais qu'il me faut mourir, et j'en serais mieux reçu parmi les élus.

— N'est-ce que cela, Noiret ? reprend aussitôt Renart, eh ! que ne le disais-tu ! Par la foi que je dois à Hermeline, il ne sera pas dit que tu sois refusé ; écoute plutôt. »

Renart se mit alors à entonner une chansonnette nouvelle, à laquelle Noiret semblait prendre grand plaisir. Mais comme il filait un trait prolongé, Noiret fait un mouvement, s'échappe, bat des ailes, et gagne le haut d'un grand orme voisin. Renart le voit, veut l'arrêter : il est déjà trop tard. Il se dresse sur le tronc de l'arbre, saute, et n'en peut atteindre les rameaux.

« Ah ! Noiret, dit-il, cela n'est pas bien : je vois que vous m'avez vilainement gabé.

— Vous le voyez ? dit Noiret, eh bien ! tout à l'heure vous ne le voyiez pas. Possible, en effet, que vous ayez eu tort de chanter ; aussi, je ne vous demande pas de continuer le même air. Bonjour, seigneur Renart ! allez vous reposer ; quand vous aurez bien dormi, vous trouverez peut-être une autre proie ! »

Renart tout confus, ne sait que faire et que résoudre.

« Par sainte Anne ! dit-il, le proverbe est juste : beau chanter nuit ou ennuie ; et le vilain dit avec raison : entre la bouche et la cuiller il y a souvent encombre. J'en ai fait l'épreuve. Caton a dit aussi : à beau manger peu de paroles. Pourquoi ne m'en suis-je pas souvenu ! »

Tout en s'éloignant, il murmurait encore :

« Mauvaise et sotte journée ! On dit que je suis habile, et que le bœuf ne saurait labourer comme je sais leurrer ; voilà pourtant un méchant coq qui me donne une leçon de tromperie ! Puisse au moins la chose demeurer secrète, et ne pas aller jusqu'à la Cour ! c'en serait fait de ma réputation. »

Renart et Tiecelin

Comment Tiecelin le corbeau prit un fromage à la vieille, et comment Renart le prit à Tiecelin.

Dans une plaine fleurie que bornaient deux montagnes et qu'une eau limpide arrosait, Renart, un jour, aperçut de la rive opposée, un hêtre solitaire planté loin de tout chemin frayé, à la naissance de la montée. Il franchit le ruisseau, gagne l'arbre, fait autour du tronc ses passes ordinaires, puis se vautre délicieusement sur l'herbe fraîche, en soufflant pour se bien refroidir. Tout dans ce lieu le charmait ; tout, je me trompe, car il sentait un premier aiguillon de faim, et rien ne lui donnait l'espoir de l'apaiser. Pendant qu'il hésitait sur ce qu'il avait à faire, seigneur Tiecelin, le corbeau, sortait du bois voisin, planait dans la prairie et allait s'abattre dans un plessis qui semblait lui promettre bonne aventure.

Là se trouvaient un millier de fromages qu'on avait exposés, pour les sécher, à un tour de soleil. La gardienne était rentrée pour un moment au logis, et Tiecelin saisissant l'occasion, s'arrêta sur un des plus beaux et reprit son vol au moment où la vieille reparaissait.

« Ah ! mon beau monsieur, c'est pour vous que séchaient mes fromages ! »

Disant cela, la vieille jetait pierres et cailloux.

« Tais-toi, tais-toi, la vieille, répond Tiecelin ; quand on demandera qui l'a pris, tu diras : C'est moi, c'est moi ! car la mauvaise garde nourrit le loup. »

Tiecelin s'éloigne et s'en vient percher sur le hêtre qui couvrait seigneur Renart de son frais ombrage. Réunis par le même arbre, leur situation était loin d'être pareille. Tiecelin savourait ce qu'il aimait le mieux ; Renart, également friand du fromage et de celui qui en était le maître, les regardait sans espoir de les atteindre.

Le fromage à demi séché donnait une entrée facile aux coups de bec : Tiecelin en tire le plus jaune et le plus tendre ; puis il attaque la croûte dont une parcelle lui échappe et va tomber au pied de l'arbre. Renart lève la tête et salue Tiecelin qu'il voit fièrement campé, le fromage dressé dans les pattes.

« Oui, je ne me trompe pas ; oui, c'est seigneur Tiecelin. Que le bon Dieu vous protège, compère, vous et l'âme de votre père, le fameux chanteur ! Personne autrefois, dit-on, ne chantait mieux que lui en France. Vous-même, si je m'en souviens, vous faisiez aussi de la musique : ai-je rêvé que vous avez longtemps appris à jouer de l'orgue ? Par ma foi, puisque j'ai le plaisir de vous rencontrer, vous consentirez bien, n'est-ce pas, à me dire une petite ritournelle. »

Ces paroles furent pour Tiecelin d'une grande douceur, car il avait la prétention d'être le plus agréable musicien du monde. Il ouvre donc aussitôt la bouche et fait entendre un *crah* prolongé.

« Est-ce bien, cela, seigneur Renart ?

— Oui, dit l'autre, cela n'est pas mal : mais si vous vouliez, vous monteriez encore plus haut.

— Écoutez-moi donc. »

Il fait alors un plus grand effort de gosier.

« Votre voix est belle, dit Renart, mais elle serait plus belle encore si vous ne mangiez pas tant de noix. Continuez pourtant, je vous prie. »

L'autre, qui veut absolument emporter le prix du chant, s'oublie tellement que, pour mieux filer le son, il ouvre peu à peu les ongles et les doigts qui retenaient le fromage et le laisse tomber justement aux pieds de Renart. Le glouton frémit alors de plaisir ; mais il se contient, dans l'espoir de réunir au fromage le vaniteux chanteur.

« Ah ! Dieu, dit-il en paraissant faire un effort pour se lever, que de maux le Seigneur m'a envoyés en ce monde ! Voilà que je ne puis changer de place, tant je souffre du genou ; et ce fromage qui vient de tomber m'apporte une odeur infecte et insupportable. Rien de plus dangereux que cette odeur pour les blessures des jambes ; les médecins me l'avaient bien dit, en me recommandant de ne jamais en goûter. Descendez, je vous prie, mon cher Tiecelin, venez m'ôter cette abomination. Je ne vous demanderais pas ce petit service, si je ne m'étais l'autre jour rompu la jambe dans un maudit piège tendu à quelques pas d'ici.

Je suis condamné à demeurer à cette place jusqu'à ce qu'un bon emplâtre vienne commencer ma guérison. »

Comment se méfier de telles paroles accompagnées de toutes sortes de grimaces douloureuses ! Tiecelin d'ailleurs était dans les meilleures dispositions pour celui qui venait enfin de reconnaître l'agrément de sa voix. Il descendit donc de l'arbre ; mais une fois à terre, le voisinage de Renart le fit réfléchir. Il avança pas à pas, l'œil au guet, et en se traînant sur le croupion.

« Mon Dieu ! disait Renart, hâtez-vous donc, avancez ; que pouvez-vous craindre de moi, pauvre impotent ? »

Tiecelin s'approcha davantage, mais Renart, trop impatient, s'élance et le manque, ne retenant en gage que trois ou quatre plumes.

« Ah ! traître Renart ! dit alors Tiecelin, je devais bien savoir que vous me tromperiez ! J'en suis pour quatre de mes plus beaux tuyaux ; mais c'est là tout ce que vous aurez, méchant et puant larron, que Dieu maudisse ! »

Renart, un peu confus, voulut se justifier. C'était une attaque de goutte qui l'avait fait malgré lui sauter. Tiecelin ne l'écouta pas :

« Garde le fromage, je te l'abandonne ; quant à ma peau tu ne l'auras pas. Pleure et gémis maintenant à ton aise, je ne viendrai pas à ton secours.

— Eh bien va-t'en, braillard de mauvais augure, dit Renart en reprenant son naturel ; cela me consolera de n'avoir pu te clore le bec.

« Par Dieu ! reprit-il ensuite, voilà vraiment un excellent fromage ; je n'en ai jamais mangé de meilleur ; c'est juste le remède qu'il me fallait pour le mal de jambes. »

Et, le repas achevé, il reprit lestement le chemin des bois.

Renart et la mésange

Comment Renart ne put obtenir de la Mésange le baiser de paix.

Renart commençait à se consoler des méchants tours de Chantecler et de Tiecelin quand, sur la branche d'un vieux chêne, il aperçut la Mésange, laquelle avait déposé sa couvée dans le tronc de l'arbre. Il lui donna le premier salut : « J'arrive bien à propos, commère ; descendez, je vous prie ; j'attends de vous le baiser de paix, et j'ai promis que vous ne le refuseriez pas.

— À vous, Renart ? fait la Mésange. Bon, si vous n'étiez pas ce que vous êtes, si l'on ne connaissait vos tours et vos malices. Mais, d'abord, je ne suis pas votre commère ; seulement, vous le dites pour ne pas changer d'habitudes en prononçant un mot de vérité.

— Que vous êtes peu charitable ! répond Renart. Votre fils est bien mon filleul par la grâce du saint baptême, et je n'ai jamais mérité de vous déplaire. Mais si je l'avais fait, je ne choisirais pas un jour comme celui-ci pour recommencer. Écoutez bien : sire Noble, notre roi, vient de proclamer la paix générale ; plaise à Dieu qu'elle soit de longue durée ! Tous les barons l'ont jurée, tous ont promis d'oublier les anciens sujets de querelle. Aussi les petites gens sont dans la joie ; le temps est passé des disputes, des procès et des meurtres ; chacun aimera son voisin, et chacun pourra dormir tranquille.

— Savez-vous, seigneur Renart, dit la Mésange, que vous dites là de belles choses ? Je veux bien les croire à demi ; mais cherchez ailleurs qui vous baise, ce n'est pas moi qui donnerai l'exemple.

— En vérité, commère, vous poussez la défiance un peu loin ; je m'en consolerais, si je n'avais juré d'obtenir le baiser de paix de vous comme de tous les autres. Tenez, je fermerai les yeux pendant que vous descendrez m'embrasser.

— S'il est ainsi, je le veux bien, dit la Mésange. Voyons vos yeux : sont-ils bien fermés ?

— Oui.

— J'arrive. »

Cependant l'oiseau avait garni sa patte d'un petit flocon de mousse qu'il vint déposer sur les barbes de Renart. À peine celui-ci a-t-il senti l'attouchement qu'il fait un bond pour saisir la Mésange, mais ce n'était pas elle, il en fut pour sa honte.

« Ah ! voilà donc votre paix, votre baiser ! Il ne tient pas à vous que le traité ne soit déjà rompu.

— Eh ! dit Renart, ne voyez-vous pas que je plaisante ? je voulais voir si vous étiez peureuse. Allons ! recommençons ; tenez, me voici les yeux fermés. »

La Mésange, que le jeu commençait à amuser, vole et sautille, mais avec précaution. Renart montrant une seconde fois les dents :

« Voyez-vous, lui dit-elle, vous n'y réussirez pas ; je me jetterais plutôt dans le feu que dans vos bras.

— Mon Dieu ! dit Renart, pouvez-vous ainsi trembler au moindre mouvement ! Vous supposez toujours un piège caché : c'était bon avant la paix jurée. Allons ! une troisième fois, c'est le vrai compte ; en l'honneur de Sainte Trinité. Je vous le répète ; j'ai promis de vous donner le baiser de paix, je dois le faire, ne serait-ce que pour mon petit filleul que j'entends chanter sur l'arbre voisin. »

Renart prêche bien sans doute, mais la Mésange fait la sourde oreille et ne quitte plus la branche de chêne. Cependant voici des veneurs et des braconniers, les chiens et les coureurs du seigneur Abbé, qui arrivent de leur côté. On entend le son des grailes et des cors, puis tout à coup : *le Goupil ! le Goupil !* Renart, à ce cri terrible, oublie la Mésange, serre la queue entre les jambes, pour donner moins de prise à la dent des lévriers. Et la Mésange alors de lui dire :

« Renart ! pourquoi donc vous éloigner ? La paix n'est-elle pas jurée ?

— Jurée, oui ; répond Renart, mais non publiée. Peut-être ces jeunes chiens ne savent-ils pas encore que leurs pères l'ont arrêtée.

— Demeurez, de grâce ! je descends pour vous embrasser.

— Non ; le temps presse, et je cours à mes affaires. »

La pêche aux anguilles

Où l'on verra comment Renart conduisit son compère à la pêche aux anguilles.

C'était peu de temps avant Noël, quand on pense à saler les bacons. Le ciel était parsemé d'étoiles, il faisait un grand froid, et le vivier où Renart avait conduit son compère était assez fortement pris de glace pour que l'on pût en toute sécurité former sur lui des rondes joyeuses. Il n'y avait qu'un seul trou, soigneusement entretenu chaque jour par les paysans du village, et près duquel ils avaient laissé le seau qui leur servait à puiser de l'eau.

Renart, indiquant du doigt le vivier :

« Mon oncle, dit-il, c'est là que se tiennent en quantité les barbeaux, les tanches et les anguilles ; et précisément voici l'engin qui sert à les prendre. (Il montrait le seau.) Il suffit de le tenir quelque temps plongé dans l'eau, puis de l'en tirer quand on sent à sa pesanteur qu'il est garni de poissons.

— Je comprends, dit Ysengrin, et pour bien faire, je crois, beau neveu, qu'il faudrait attacher l'engin à ma queue ; c'est apparemment ainsi que vous faites vous-mêmes quand vous voulez avoir une bonne pêche.

— Justement, dit Renart ; c'est merveille comme vous comprenez aisément. Je vais faire ce que vous demandez. »

Il serre fortement le seau à la queue d'Ysengrin.

« Et maintenant, vous n'avez plus qu'à vous tenir immobile pendant une heure ou deux, jusqu'à ce que vous sentiez les poissons arriver en foule dans l'engin.

— Je comprends fort bien ; pour de la patience j'en aurai tant qu'il faudra. »

Renart se place alors un peu à l'écart, sous un buisson, la tête entre les pieds, les yeux attachés sur son compère. L'autre se tient au bord du trou, la queue en partie plongée dans l'eau avec le seau qui la retient. Mais comme le froid était extrême, l'eau ne tarda pas à se figer, puis à se changer en glace autour de la queue.

Le loup, qui se sent pressé, attribue le tiraillement aux poissons qui arrivent ; il se félicite, et déjà songe au profit qu'il va tirer d'une pêche miraculeuse. Il fait un mouvement, puis s'arrête encore, persuadé que plus il attendra, plus il amènera de poissons à bord. Enfin, il se décide à tirer le seau ; mais ses efforts sont inutiles. La glace a pris de la consistance, le trou est fermé, la queue est arrêtée sans qu'il lui soit possible de rompre l'obstacle. Il se démène et s'agite, il appelle Renart :

« À mon secours, beau neveu ! il y a tant de poissons que je ne puis les soulever ; viens m'aider ; je suis las, et le jour ne doit pas tarder à venir. »

Renart, qui faisait semblant de dormir, lève alors la tête :

« Comment, bel oncle, vous êtes encore là ? Allons, hâtez-vous, prenez vos poissons et partons ; le jour ne peut tarder à venir.

— Mais, dit Ysengrin, je ne puis les remonter. Il y en a tant, tant, que je n'ai pas la force de soulever l'engin.

— Ah ! reprend Renart en riant, je vois ce que c'est ; mais à qui la faute ? Vous en avez voulu trop prendre, et le vilain a raison de le dire : Qui tout désire tout perd. »

La nuit passe, l'aube paraît, le soleil se lève. La neige avait blanchi la terre, et messire Constant des Granges, un honnête vavasseur dont la maison touchait à l'étang, se lève et sa joyeuse maisonnée. Il prend un cor, appelle ses chiens, fait seller un cheval ; des clameurs partent de tous les côtés, tout se dispose pour la chasse. Renart ne les attend pas, il reprend lestement le chemin de Maupertuis, laissant sur la brèche le pauvre Ysengrin qui tire de droite et de gauche, et déchire sa queue cruellement sans parvenir à la dégager. Survient un garçon tenant deux lévriers en laisse. Il aperçoit le loup arrêté par la queue dans la glace, et le derrière ensanglanté.

« Ohé ! ohé ! le loup ! »

Les veneurs avertis accourent avec d'autres chiens, et cependant Ysengrin entend Constant des Granges donner l'ordre de les délier. Les braconniers obéissent ; leurs brachets s'attachent au loup qui, la pelisse hérissée, se dispose à faire bonne défense. Il mord les uns, retient les autres à distance. Alors messire Constant descend de cheval, approche l'épée au poing et pense couper Ysengrin en deux. Mais le coup porte à faux ; messire Constant, ébranlé lui-même, tombe sur la tête et se relève à grand-peine. Il revient à la charge, vise la tête, le coup glisse et le glaive descend sur la queue qu'il emporte tout entière. Ysengrin, surmontant une douleur aiguë, fait un effort suprême et s'élance au milieu des chiens qui s'écartent pour lui ouvrir passage et courir aussitôt à sa poursuite. Malgré la meute entière acharnée sur ses traces, il gagne une hauteur d'où il les défie. Brachets et lévriers tous alors renoncent à leur chasse. Ysengrin entre au bois, plaignant la longue et riche queue qu'il s'est vu contraint de laisser en gage, et jurant de tirer vengeance de Renart, qu'il commence à soupçonner de lui avoir malicieusement ménagé toutes ces fâcheuses aventures.

Renart, Tybert et le piège

Comment Tybert prit les soudées de Renart, et comme il en cuit de s'attaquer à un vieux chat.

Renart avait grand besoin de repos : sa faim, plusieurs fois irritée, n'avait pas été satisfaite ; il se promettait de prendre une autre fois sa revanche du Corbeau, de la Mésange et surtout de Chantecler quand, au détour d'un vieux chemin, il aperçoit Tybert le chat.

« Sire, dit Tybert, soyez le bienvenu !

— Moi, répond brusquement Renart, je ne te salue pas. Je te conseille même de ne pas chercher à me rencontrer, car je ne te vois jamais sans désirer que ce soit pour la dernière fois. »

Tybert ne jugea pas à propos d'essayer une justification ; il se contenta de répondre doucement :

« Mon beau seigneur, je suis désolé d'être si mal en grâce auprès de vous. »

Renart cependant n'était pas en état de chercher noise ; car il jeûnait depuis longtemps, et il était harassé de fatigue. Quant à Tybert, il était gros et séjourné ; sous de longues moustaches argentées et luisantes reposaient des dents bien aiguisées ; ses ongles étaient grands, forts et effilés ; d'ailleurs, seigneur Renart n'aimait pas les combats à force égale. L'air décidé de Tybert lui ayant fait changer de ton :

« Écoute-moi : lui dit-il, je veux bien t'annoncer que j'ai entrepris contre mon compère Ysengrin une guerre sérieuse et terrible. J'ai déjà retenu plusieurs vaillants soudoyers ; si tu voulais en augmenter le nombre, tu ne t'en trouverais pas mal, car je prétends lui donner assez de besogne avant d'accepter la moindre trêve. Bien maladroit celui qui ne trouvera pas avec nous l'occasion de gagner un riche butin. »

Tybert fut charmé du tour que la conversation avait pris.

« Sire, dit-il, vous pouvez compter sur moi, je ne vous ferai pas défaut. J'ai de mon côté un compte à régler avec Ysengrin, et je ne désire rien tant que son dommage. »

L'accord fut bientôt conclu, la foi jurée, et Tybert accepta les soudées de Renart pour une guerre dont il ignorait la cause et qui n'était pas déclarée. Les voilà faisant route chacun sur son cheval *(car notre poète fait volontiers voyager ses héros comme nobles gens de guerres)* ; en apparence les meilleurs amis du monde, mais au fond disposés à s'aider de la trahison dès que l'occasion s'en présentera.

Tout en chevauchant, Renart avise, au beau milieu de l'ornière qui bordait le bois, un fort collet tendu dans une souche de chêne entrouverte. Comme il prenait garde à tout, il l'esquiva ; mais l'espoir lui sourit de voir Tybert moins heureux. Il s'approche de son nouvel homme d'armes et lui lance en riant :

« Je voudrais bien, mon cher Tybert, lui dit-il, éprouver la force et l'agilité de votre cheval : sans doute on peut le recevoir dans les montres, mais je voudrais en être sûr. Voyez-vous cette ligne étroite qui longe le bois : élancez-vous bride abattue droit devant vous ; l'épreuve sera décisive.

— Volontiers », répond Tybert, qui soudain prend son élan et galope. Mais arrivé devant le collet, il le reconnaît à temps, recule de deux pas et passe rapidement à côté. Renart le suivait des yeux.

« Ah ! Tybert, votre cheval bronche, il ne garde pas la voie. Arrêtez-vous, et recommençons ! »

Tybert, qui ne doutait plus de la trahison, ne fait pas de difficulté. Il reprend du champ, pique des deux, arrive une seconde fois devant le collet, et saute une seconde fois par-dessus avec la même légèreté.

Renart comprend que sa malice est découverte ; mais sans se déconcerter :

« Vraiment, Tybert, j'avais trop bien jugé de votre cheval : il vaut moins que je ne pensais ; il se cabre, il se détourne, il ne sera pas reçu par le maréchal de mon armée, et vous n'en tirerez pas un grand prix. »

Tybert s'excuse du mieux qu'il peut ; mais pendant qu'il offre de faire un troisième essai, voilà deux mâtins qui accourent à toutes jambes et donnent des voix en apercevant Renart. Celui-ci, dans son trouble, oublie le collet dont il se rapproche pour se perdre dans le bois ; mais Tybert, moins effrayé, saisit l'occasion, et simulant une égale terreur, se jette sur Renart qui, pour se retenir, avance le pied gauche justement sur le collet. La clef qui tendait le piège tombe, la large fente se referme, et c'est messire Renart qui se trouve pris. Voilà Tybert au comble de ses vœux ; car il croit être bien sûr que son compagnon ne s'en tirera pas :

« Demeurez, lui dit-il ; demeurez, mon seigneur Renart ; ne vous inquiétez pas de moi, je saurai me réfugier en lieu sûr. Mais ne l'oubliez pas une autre fois : à trompeur, trompeur et demi ; ce n'est pas à Tybert que Renart doit se prendre. »

Disant ces mots il s'éloigne, car déjà les chiens étaient acharnés sur Renart. Averti par leurs abois, le vilain accourt qui avait disposé le collet. Il lève sa lourde hache : qu'on juge de l'épouvante de Renart ! Jamais il n'avait vu la mort de si près. Par bonheur, la hache tombe à faux, rouvre le piège, et Renart, délivré par celui qui devait le tuer, prend le large, disparaît dans la forêt sans que les cris du vilain, le glapissement désespéré des chiens soient capables de lui faire tourner la tête. Vainement est-il poursuivi ; il sait leur donner le change et quand il fut délivré de ce danger extrême, il s'étend presque inanimé sur le revers d'un chemin perdu. Peu à peu la douleur des blessures dont il était couvert lui fait reprendre ses esprits : il s'étonne d'avoir pu si longtemps courir, et tout en léchant ses plaies, en étanchant le sang qui en sortait, il se rappelle avec épouvante et dépit la coignée du vilain, le mauvais tour et les railleries de Tybert.

Renart chez dame Hersent

De l'arrivée de Renart chez dame Hersent durant l'absence d'Ysengrin, et comment la guerre prit commencement entre les deux barons.

À quelque temps de là, Renart se trouva devant un amas de branches entrelacées qui formaient une haie et dissimulaient l'entrée d'un souterrain. Il franchit la haie, découvrit l'ouverture et, soit par un mouvement de curiosité soit dans l'espoir d'y trouver à prendre, il descendit et n'eut pas de peine à reconnaître la demeure de son bel oncle Ysengrin. Le maître était sorti, dame Hersent, nouvellement relevée de couches, allaitait et léchait ses louveteaux. Comme elle avait déposé son chaperon, le soleil vint la frapper au visage quand Renart ouvrit la porte ; cela lui fit regarder qui venait ainsi lui rendre visite.

Pour Renart, la crainte d'un mauvais accueil le décidait à demeurer immobile derrière la porte ; mais Hersent l'avait reconnu tout de suite à sa robe rousse.

« Ah ! dit-elle en riant, c'est donc ainsi, seigneur Renart, que vous venez épier les gens ? »

L'autre se tait et ne fait pas un geste ; sans doute il comptait sur l'obscurité de la salle pour donner le change à la dame. Hersent l'appelle une seconde fois par son nom et lui fait même du petit doigt signe d'approcher.

« J'aurais bien des reproches à vous adresser, seigneur Renart ; mais je vois que vous ne voulez rien faire pour m'être agréable. En vérité, jamais on n'a traité sa commère aussi mal que vous faites. »

Ces paroles dites d'un ton caressant rendirent confiance à Renart.

« Madame, dit-il, j'en prends Dieu à témoin, ce n'est pas de mon gré que j'ai cru devoir éviter de vous rendre visite pendant vos couches ; bien au contraire : mais Ysengrin, vous le savez, me cherche noise et m'épie constamment par monts et par vaux ; pourquoi m'a-t-il ainsi pris en haine, je l'ignore, ne lui en ayant jamais donné la moindre occasion. Ne prétend-il pas que je vous aime et que je cherche à prendre sa place ici ? Il n'est pas un de vos voisins qui ne lui ait entendu raconter que vous aviez de l'amour pour moi, et qu'il s'en vengerait un jour ou l'autre. Et pourtant, vous savez si je vous ai jamais dit un seul mot qui ne fût pas convenable. À quoi pourrait-il servir de prier d'amour une grande dame qui ne manquerait pas d'en rire à nos dépens ? »

Ces paroles, Hersent les écoute avec une colère mêlée de dépit :

« Vraiment, on parle de moi chez nos voisins ! Le vilain dit : *Tel appelle sa honte qui pense à la venger.* Je puis le dire hautement ; jusqu'à présent je n'ai pas eu de pensée mauvaise : mais puisque Ysengrin m'accuse, je veux lui donner raison ; et dès aujourd'hui, Renart, j'entends que vous soyez mon ami. Comptez toujours sur mon bon accueil, j'engage ma foi d'être entièrement à vous. »

Renart, charmé de si bonnes paroles, ne se les fit pas répéter. Il s'approcha de dame Hersent, la pressa dans ses bras, et les nouveaux amants firent échange des promesses les plus tendres.

Mais les longs propos d'amour n'étaient pas au goût de seigneur Renart ; il parla bientôt de séparation et de la nécessité de prévenir le retour d'Ysengrin. Avant de sortir de la maison, il a soin de passer sur les louveteaux et de les souiller de ses ordures. Toutes les provisions qu'il rencontre il s'en empare, puis il revient une seconde fois aux louveteaux qu'il bat comme s'il eût voulu les faire taire, mais en réalité pour mieux les obliger à parler. Il les traite d'enfants trouvés, sans craindre la honte qui devait en retomber sur Hersent.

La dame, dès qu'il est parti, prend les louveteaux, essuie leurs larmes, les flatte et les caresse.

« Mes enfants, leur dit-elle, au moins ne direz-vous pas au père que Renart soit venu et qu'il vous ait maltraités.

— Comment ! répondent-ils, ne pas nous plaindre du méchant roux que vous avez accueilli et qui honnit notre cher père ? À Dieu ne plaise ! il faut que justice en soit prise. »

Renart, à la porte, entendit quelque chose de la querelle, mais il ne s'en inquiéta pas et se remit à la voie.

Cependant Ysengrin revient au logis. Il a fait bonne chasse, il dépose en entrant force denrées ; puis il va vers ses enfants pour les baiser. Les louveteaux se plaignent à l'envi des injures et des plaies qu'ils ont reçues :

« Renart, le vilain roux, nous a salis, battus, malmenés ; il a dit que nous étions des enfants trouvés et abandonnés ; il a même ajouté contre vous des injures que nous n'avons pas comprises. »

Qu'on se figure maintenant la surprise et la rage d'Ysengrin ! il brait, il hurle, il n'est plus maître de lui.

« Ah ! dit-il, est-ce moi qu'on devait traiter ainsi ! Méchante et odieuse épouse, était-ce pour donner asile à mon ennemi que je vous ai toujours bien nourrie, richement tenue ? Était-ce pour me voir préférer un puant rouquin tel que Renart ? Par les yeux Dieu ! vous ne porterez pas loin cet outrage ; je vous interdis ma couche ; je vous chasse dès aujourd'hui de la maison, à moins que vous ne fassiez tout ce que je dirai. »

Ce n'était pas le moment de répondre de même ton ; Hersent le comprit.

« Vous êtes en colère, Ysengrin, dit-elle, et la colère est un mauvais conseiller ; je demande l'épreuve du serment et du jugement. Qu'on me brûle ou qu'on me pende si je ne sors pas justifiée à vos yeux et devant tout le monde. D'ailleurs, ordonnez ; je ferai tout ce qu'il vous plaira de commander. »

Ces mots eurent le pouvoir de remettre un peu de calme dans le cœur d'Ysengrin. Il regarda ses enfants, fit un pas vers Hersent et finit par l'embrasser, après qu'elle eut répété la promesse de rendre à Renart tout le mal possible, et chaque fois que l'occasion s'en présenterait.

La vengeance d'Ysengrin

Comment Ysengrin voulut se venger de Renart, et comme il en eut regret.

C'était là bien commencer la journée. Renart fait ensuite le tour de la montée, puis descend vers le marais qui d'un côté la terminait ; il s'y baigne, et donne à ses membres une nouvelle agilité. Comme il revenait à terre, il voit arriver sur lui le seigneur Ysengrin qui, depuis l'aventure racontée par ses louveteaux, n'avait pas une amitié fort tendre pour lui.

« Ah ! te voilà donc enfin ! dit Ysengrin en lui jetant un regard furieux ; tu vas, j'espère, payer tout ce qui m'est dû. Je sais comment tu as violé le seuil de ma maison, comment tu as déshonoré ma famille, outragé, sali, battu mes enfants. Écoute ce que j'entends faire. Tu te disais mon neveu, tu faisais semblant de m'aimer comme j'avais moi-même la sottise de t'aimer ; eh bien ! je vais te loger dans une prison qui t'empêchera de tromper à l'avenir qui que ce soit au monde. Tu seras tranquille de ton côté, sans avoir besoin de dresser pièges, embuscades ou guet-apens, de sonner le beffroi, de jeter pierres ou faire jouer mangoneaux. Tu ne craindras plus la vengeance de roi, prince ou seigneur plus puissant que toi. Et cette prison, tu la connais, je suppose. »

Renart, auquel tout moyen de fuite était interdit, sent qu'il ne peut éviter le sort dont on le menace qu'en s'humiliant devant son redoutable ennemi. Il tombe à genoux, la queue entre les jambes, et d'un ton contrit et suppliant :

« Oncle, dit-il, il est d'usage en cour de barons d'offrir et prendre l'amende de ce qu'on a méfait. Vous pensez que j'ai méfait, dites donc quelle amende vous exigez de moi, et Dieu aidant, je vous satisferai.

— Par Dieu le père ! répond Ysengrin, l'amende que je demande c'est la place que je te ménage dans mon ventre. Il me prend envie d'ajouter ta chair à la mienne, de mêler mon sang avec le tien, de réunir par ce moyen les ruses de ton esprit à la générosité de mon courage. Allons ! ne vous faites pas prier, mon beau neveu ; cette belle rangée de dents est prête, comme vous voyez, à vous recevoir. Vous y mettez vraiment trop de cérémonie. »

Disant cela, Ysengrin s'était jeté sur Renart, l'avait retenu sous ses pieds sans mouvement, l'avait battu, mordu, houspillé comme jamais ne le fut prisonnier en terre Sarrasine. Il a beau crier merci, invoquer la pitié de son bon oncle, Ysengrin le prend par la nuque, lui déchire la peau et le réduit enfin à ne plus exhaler que des gémissements étouffés.

Une chose préserva seigneur Renart, sa chair était loin d'être, même pour Ysengrin, un friand morceau. Après l'avoir longtemps martyrisé :

« J'hésite, dit-il, sur le genre de mort que je te donnerai. Si j'allumais un feu ardent pour te griller ? ensuite je te mangerais : non, tu serais mort trop vite. »

Et cependant voyant Renart attendre gueule béante le moment de rendre le dernier soupir, Ysengrin lui ferme la gorge de son pied, et peu s'en faut qu'il ne l'étrangle.

Mais au moment même, il en était grand temps, voilà que la pitié trouve place dans le cœur d'Ysengrin. Il remembre les anciens liens d'amitié, les bons tours qu'ils ont faits souvent ensemble, les jeux, les plaisirs, les agréments de leur première jeunesse. Peu à peu ses yeux se troublent et viennent à se remplir de larmes.

« Ah ! mon Dieu, le voilà mort ! Et qu'ai-je fait ? J'ai pu frapper mon ancien ami, mon meilleur conseiller ! maudite colère ! »

Ces paroles arrivent aux mourantes oreilles de Renart, il fait un léger mouvement.

« Qu'est-ce ? dit Ysengrin, je crois qu'il a remué : oui, ses veines battent encore, bien qu'on sente à peine sa respiration.

— Oui, je vis, dit Renart, mais vous avez commis un grand crime, en traitant comme votre plus grand ennemi le pauvre neveu qui vous aimait tant. Vous êtes fort, et vous avez écrasé le faible, l'innocent privé de défense. »

Ysengrin fut longtemps sans répondre et comme en proie à de véritables remords pendant que son neveu reprenait des forces et du courage.

« Tenez, dit le premier Renart, au lieu de me maltraiter sans raison, regardez et profitez de l'aventure qui vient s'offrir à nous. »

La paix de Renart et d'Ysengrin

Comment Renart fit rencontre de Noble le Roi et d'Ysengrin, et comment les deux barons se donnèrent le baiser de paix.

Ysengrin, pour avoir laissé vivre Renart quand il aurait pu se venger de lui, n'en était pas moins persuadé que dame Hersent, sa noble épouse, avait eu de grands sujets de plainte contre son compère ; et Renart, de son côté, obéissait à son naturel, en ne laissant échapper aucune occasion de honnir et tromper Ysengrin. Un jour il était aux aguets dans le bois, avec l'espoir de rapporter quelque chose à la maison pour sa chère Hermeline. Il n'y fut pas longtemps sans voir arriver de son côté Monseigneur Noble le Roi, accompagné d'Ysengrin, le connétable. Ils marchaient du même pas, devisant agréablement. Renart ne se détourne pas ; et même afin de tirer parti de la rencontre aux dépens de son compère, il s'avance et salue le Roi d'une inclination profonde :

« Bienvenue la noble compagnie ! dit-il.

— C'est vous, seigneur Renart ! répond le Roi qui, sachant les mésaventures d'Ysengrin, avait peine à ne pas rire. Je vous souhaite bonne journée et chance heureuse, pour le malin tour que vous vous disposez sans doute à jouer.

— En effet, Monseigneur, j'ai besoin de vos souhaits : depuis le point du jour je suis en chasse ; j'espérais rapporter quelque chose à l'épouse qui vient de me donner un nouvel enfant, et jusqu'à présent je n'ai rien trouvé.

— Vous êtes en chasse ? répond le Roi d'un ton sévère, et c'est ainsi que vous faites sans nous vos affaires ?

— Sire, repartit Renart, par la foi que je vous dois, je sais trop bien qu'à moi ne convient de marcher de pair avec vos compagnons ordinaires, et d'espérer un regard du Roi au milieu de tant de grands personnages ! Vous devez naturellement à nous autres petits préférer les hauts barons, tels que sire Brun l'ours, Baucent le sanglier, Rooniaus le chien de chasse, le seigneur Ysengrin et leurs pareils.

— Et voilà, reprit le Roi, de vos railleries ordinaires ; mais enfin, demeurez, s'il vous plaît, avec nous ; au moins aujourd'hui je vous admets à ma chasse, et nous allons chercher ensemble de quoi nous déjeuner convenablement.

— Ah ! sire, fait Renart, je n'oserais, à cause de messire Ysengrin, qui me voit toujours à contrecœur. Il m'a voué, pourquoi je l'ignore, une haine mortelle, et cependant, j'en jure par mon chef, jamais je ne lui ai fait la moindre offense. Il m'accuse d'avoir honni sa femme, tandis que je n'ai, par la vertu Dieu, rien demandé de ma commère Hersent que je n'eusse pu réclamer de ma propre mère.

— Je pense comme vous, Renart, reprit le Roi ; il n'y a rien de sérieux dans tout cela : quand même vous auriez entretenu le commerce criminel dont vous êtes soupçonné, il faudrait, pour vous condamner, quelques preuves sensibles, et l'on n'en présente pas. Terminons donc ces malentendus, je veux remettre la paix entre vous.

— Puisse Dieu, sire, vous en récompenser ! car, en vérité, et par la foi que je dois à Hermeline, le droit est de mon côté.

— Voyons, Ysengrin, reprit le Roi, cette haine contre Renart est-elle raisonnable ? Vous êtes vraiment fou de lui imputer une vilenie et, pour moi, je suis persuadé qu'il n'a rien à se reprocher à l'égard de dame Hersent. Montrez-vous conciliant ; laissez les vieux levains de rancune. Doit-on haïr les gens pour de méchants propos recueillis çà et là ? Je connais Renart mieux que vous, et je suis assuré que, pour le donjon de l'empereur Octavien, il ne ferait rien de ce qu'on lui reproche.

— Sire, dit Ysengrin, dès que vous en portez témoignage, je le crois.

— Eh bien, qui vous arrête donc ? Allons, rapprochez-vous : pardonnez-lui de bon cœur et sans réserve.

— Je le veux bien. En votre présence, sire, je lui pardonne ; je dépose tout ressentiment du passé, je prétends que nous demeurions toute notre vie bons amis et compagnons. »

Alors se donnèrent le baiser d'amitié ceux qui ne s'aimaient guère et ne s'aimeront jamais. Qu'ils disent ce qu'ils veulent, qu'ils jurent toutes les réconciliations du monde, même en présence du Roi, ils se détesteront toujours, et je ne donnerais pas une prune de leurs baisers. C'est la paix la plus mensongère et la plus trompeuse ; pour tout dire en un mot, c'est la paix Renart.

Livre deuxième

LE PROCÈS

La plainte d'Ysengrin

Comment le connétable Ysengrin et dame Hersent firent leur plainte à la Cour du Roi.

Lors Ysengrin n'avait pas perdu de temps pour se rendre à la Cour, en compagnie de madame Hersent. C'était, il ne faut pas l'oublier, un grand personnage, revêtu dans la maison du Roi de la charge de connétable ; on s'accordait à lui reconnaître surtout une profonde expérience de tous les usages de la Cour.

Il monta les degrés de la salle où le Roi donnait audience, et trouva l'Assemblée grande et plénière, garnie de hauts et puissants animaux, de riches vavasseurs, tous plus ou moins à priser. Le Roi était assis sur le trône, avec toute la dignité qui convenait au rang suprême, et les barons formaient une sorte de glorieuse couronne autour de sa personne.

Ysengrin, tenant par la main sa compagne, Madame Hersent, s'avança jusqu'au milieu de la salle et rompit le silence général en portant plainte, de la manière suivante :

« Sire, n'y aura-t-il plus de foi dans le monde ? La justice sera-t-elle méprisée ; la vérité devra-t-elle céder la place au mensonge ? Vous aviez fait publier à son de trompes que nul à l'avenir ne fût si hardi que de violer la loi de mariage ; Renart n'a pris souci de vos vœux ni de vos ordres : Renart, origine de toutes les discordes, assemblage de tous les genres de malice, sans respect pour les liens d'amitié et de compérage, m'a déshonoré dans la personne de ma chère femme, et ne croyez pas, sire, qu'une aveugle pensée de haine et de rancune me conduise auprès de vous : la plainte que je porte à votre cour n'est hélas ! que trop juste, et dame Hersent va l'appuyer de son témoignage.

— Il est vrai, sire, dit alors Hersent, les yeux baissés, le visage voilé de confusion. Dès que je fus en âge d'être épousée, Renart m'a fatiguée de ses poursuites. Je l'avais toujours évité, j'avais montré le plus constant mépris de ses importunités et de ses prières quand, l'autre jour, accompagnant en chasse mon noble époux, j'eus le malheur d'arriver devant sa demeure. Là, je me trouvai tellement perdue dans les défilés de son hôtel d'où mon embonpoint m'ôtait la liberté de me dégager, que seigneur Renart put me frapper, m'outrager et m'accabler des injures les moins méritées ; en présence, et c'est là ce qui redouble ma honte, de mon époux lui-même. »

Elle se tut, mais aussitôt Ysengrin :

« Oui, sire, vous venez d'entendre la vérité. Et maintenant, que vous en semble ? Renart a-t-il été contre droit et raison ? Je porte donc plainte contre lui, et vous adjure de remettre la cause à vos barons, pour que justice me soit rendue. J'ajouterai ce que dame Hersent n'a pas dit, et ce qu'elle ne démentira pas. Renart était venu, quelque temps auparavant, chercher querelle à mes fils dans mon propre hôtel ; il les avait salis de ses ordures, les avait battus, échevelés, traités de bâtards et de fils d'abandonnée. Il en a menti, par la gorge ! Mais quand, le retrouvant à cette maudite chasse dont vous a parlé Madame Hersent, je lui reprochai son odieuse conduite, il nia tous les faits et m'offrit de venir s'en purger par serment, en quelque lieu qu'il me plût de désigner. Je conclus donc, sire, en demandant que la cause soit retenue, qu'il en soit fait jugement, pour qu'on ne voie pas se renouveler à l'avenir de pareils forfaits. »

Ysengrin revint à sa place. Sire Noble, la tête un peu penchée, semblait vouloir comprimer un sourire :

« Connétable, dit-il, avez-vous encore à ajouter quelque chose ?

— Non, Monseigneur, sinon que pour mon honneur, je n'aurais pas rendu cette querelle publique, si j'avais eu le choix des moyens ; mais la charge que j'occupe dans l'État ne me permettait pas de donner l'exemple de la violation de vos édits, en me faisant justice moi-même ; chose qui m'eût été bien aisée.

— Hersent, reprit le Roi, répondez à votre tour. Vous venez ici nous raconter que seigneur Renart vous a recherchée : mais vous, ne l'avez-vous jamais aimé ?

— Moi, sire ? non.

— Comment donc se fait-il que, n'étant pas son amie, vous ayez eu la mauvaise pensée de prendre le chemin de son logis ?

— Pardonnez, sire, cela n'est pas exact, et vous pourriez mieux parler. Monseigneur le Connétable, qu'assurément on peut croire, vous a dit qu'il était avec moi, au moment où j'eus à me plaindre des procédés de Renart.

— Il était réellement avec vous ?

— Sans aucun doute.

— Alors qui pourra jamais admettre qu'un nain tel que Renart vous ait outragée impunément, en présence de votre baron ? »

Ysengrin se levant avec vivacité :

« Sire, vous ne devez prendre ici la défense ni de lui ni de moi. Il doit vous suffire d'écouter ma plainte, de la retenir et de faire en sorte qu'elle soit considérée ou rejetée. J'appelle Renart en justice, et quand il comparaîtra, il ne me sera que trop facile de le convaincre d'outrage et de félonie à l'égard de ma femme, de mes enfants et de moi-même. »

Il est à propos de remarquer ici que Monseigneur Noble le Roi était porté naturellement à ne pas laisser connaître sa cour des délits dont l'amour était l'occasion ou le prétexte ; tant qu'il voyait espoir d'accommoder les querelles de ce genre, il refusait d'en prendre gage de bataille. La plainte portée par Ysengrin lui était donc fort déplaisante. Il dit encore :

« Connétable, pour rien au monde, je ne voudrais voir s'engager le combat entre vous et Renart le nain. Il me semble qu'on pourrait trouver un moyen de vous accommoder.

— Il me semble, à moi, sire, reprit Ysengrin, que vous soutenez la cause de mon ennemi. Sainte Marie ! vous auriez pourtant meilleure grâce à prendre ma querelle en main, car je vous ai toujours mieux servi que Renart. Mais je le vois : si j'avais été comme lui faux, traître et déloyal, je trouverais grande faveur auprès de vous. Par mon museau ! vous me donnez regret à tous mes anciens sacrifices, et je m'aperçois un peu tard de la vérité du proverbe : *Tel le seigneur, tel le loyer.* »

Le Roi qui l'avait impatiemment écouté, répondit avec hauteur :

« Oui, je ne m'en cache pas, j'excuserais Renart, si l'amour était la cause de ses torts. Le chagrin qu'il vous aurait causé, dans l'intérêt de sa passion, ne l'en ferait pas estimer pour cela moins courtois et moins loyal. Cependant, puisque vous le voulez, on le citera ; on examinera l'affaire, on la traitera suivant l'usage de ma cour ; dès ce moment, je fais retenir la cause. »

La convocation de Renart

Comment Brichemer le Sénéchal rendit compte au roi Noble des conclusions du Conseil, et comment Grimbert fut chargé de convoquer Renart.

Brichemer, auquel revenait l'honneur de porter la parole, le fit en bonne rhétorique :

« Sire, dit-il, nous nous sommes enquis des usages de la terre, en ce qui touchait à la cause présente. Nous les avons retrouvés et je vais, à défaut de tout autre, les exposer, sauf votre grâce. »

Le Lion, tournant la face vers lui, fit un signe de consentement ; et Brichemer après s'être incliné continua de la manière suivante :

« Écoutez-moi, Seigneurs, et reprenez-moi si je ne dis pas bien. Nous avons d'abord reconnu que la plainte d'Ysengrin devait être reçue et qu'on y ferait droit ; mais s'il veut mieux prouver la justice de sa cause, il devra présenter, à jour nommé, un troisième garant des faits dont il demande vengeance. Ensuite, nous avons établi que le témoignage de sa femme n'était ici d'aucune valeur et ne pouvait lui donner aucun avantage. Le point fut vivement débattu entre Brun et Baucent ; mais le Conseil parut se tenir à la décision que je viens d'exposer. La chose est d'ailleurs arrangée de façon que nul n'ait droit de se plaindre. Dimanche, à l'issue de la messe, Renart fera le serment et, sans désemparer, le jugement sera rendu devant Rooniaus le mâtin : quel qu'il soit, les deux parties devront y souscrire et consentir à une réconciliation mutuelle.

— Par les saints lieux de Bethléem ! dit gaiement le Roi, j'aurais donné plus de mille livres pour être ainsi déchargé de cette fâcheuse affaire. Voilà donc qui est bien entendu : la Cour se réunira dimanche, au sortir de la messe, devant le vertueux Rooniaus, chien de Frobert de La Fontaine. Et Renart ne s'étant pas encore présenté, je vais le faire convoquer par Grimbert le blaireau pour venir après la procession prêter le serment ou répondre sur tous les faits dont Ysengrin a porté plainte. »

Après ce discours, tout le monde se tut, l'assemblée se leva et chacun revint à son hôtel. Grimbert de son côté ne perd pas un instant pour ses apprêts de départ : il se met en route, arrive à Maupertuis, y trouve Renart et lui expose comment les barons et les comtes l'ont ajourné pour le serment et pour le procès qui sera tenu sous la présidence de Rooniaus, et comment le Roi mande qu'il ait à s'y trouver. Renart répond qu'il ne souhaite rien de mieux, qu'il obéira, et que d'avance il est prêt à se conformer à l'égard ou *verdict* de la Cour.

Le serment refusé

Comment seigneur Renart eut des scrupules de conscience, et ne voulut pas jurer sur la dent de saint Rooniaus.

Brichemer, élu d'un commun assentiment pour le Parleur de cette première assemblée, s'étant levé en pieds :

« Renart, dit-il, vous devez aller au-devant de ce qu'Ysengrin allègue contre vous ; approchez, et faites sans hésiter le serment promis. Nous savons bien qu'on pourrait s'en rapporter à votre simple affirmation, sans vous obliger à prendre à témoin les saintes reliques. Toutefois, au moins convient-il que vous juriez, sur la dent de saint Rooniaus le réchigné, que vous n'avez jamais trompé Ysengrin, que vous n'avez pas insulté votre commère, et qu'on ne peut mettre en doute votre droiture et votre loyauté. »

Renart se lève en pieds à son tour, replie la queue de son manteau, se drape et fièrement se met en mesure de prêter le serment qu'on lui demande. Mais, en fait de ruses et d'aguets appensés, Renart ne connaissait pas de maîtres. Il s'aperçut donc que les pas étaient gardés ; il devina que Rooniaus était encore du monde, au battement de ses flancs et à sa reprise d'haleine. Le mouvement qu'il fit alors en arrière n'ayant pas échappé à l'œil de Brichemer :

« Eh ! qu'est-ce, Renart ? lui dit-il, hésiteriez-vous ? il ne s'agit que de mettre votre main droite sur la dent de saint Rooniaus.

— Sire, répond Renart, je sais qu'à tort ou à droit je suis tenu d'exécuter l'ordonnance ; cependant, je crois voir une chose que vous ne soupçonnez pas et dont je dois vous avertir.

— Non, non, répond Brichemer, je ne reçois pas votre excuse, il faut jurer, ou vous résigner aux condamnations que nous allons prononcer contre vous. »

Par bonheur, seigneur Grimbert le blaireau avait également découvert la trahison : mais ne voulant pas s'exposer à la haine de tant de puissants personnages, il s'avisa d'un adroit expédient.

« Seigneur, dit-il, la raison veut au moins que Renart n'ait pas à se défendre de la presse, et qu'on ne laisse pas écraser un baron de son rang par la foule qui lui tombe sur le dos. Faites éloigner l'assistance, de façon à laisser au noble accusé la liberté d'aborder le sanctuaire.

— En effet, dit Brichemer, et je n'y songeais pas ; oui vous avez raison, seigneur Grimbert ; je vais rendre la voie libre. »

En même temps, il donne l'ordre d'écarter la foule devant, derrière et des deux côtés. Renart saisit le moment favorable ; il fait un demi-tour, et au lieu de s'arrêter au sanctuaire, il s'élance à toutes jambes dans la carrière qu'on venait de lui ouvrir ; il franchit la montagne où tous les siens étaient réunis, disparaît dans une gorge et traverse un vieux chemin ferré, pendant que crient, hurlent et glapissent les amis d'Ysengrin, et que les chiens disposés par Rooniaus s'élancent comme autant de traits empennés sur ses traces.

Brun et les rayons de miel

De l'arrivée de seigneur Brun à Maupertuis, et comment il ne trouva pas doux le miel que Renart lui fit goûter.

Brun l'ours suivit le sentier tortueux qui à travers la forêt conduisait à Maupertuis. Comme la porte du château était fort étroite, il fut obligé de s'arrêter devant les premiers retranchements. Renart se tenait au fond du logis, doucement sommeillant ; il avait à portée le corps d'une grasse poule, et de grand matin il avait déjeuné des ailes d'un gros chapon. Il entendit Brun l'appelant ainsi du dehors :

« Renart, je suis messager du Roi. Sortez un instant pour entendre ce que notre sire vous mande. »

L'autre n'eut pas plutôt reconnu seigneur Brun qu'il se mit à chercher quel piège il pourrait lui tendre.

« Seigneur Brun, répond-il de sa lucarne entrouverte, on vous a fait prendre, en vérité, une peine bien inutile. J'allais partir pour me rendre à la cour du Roi, aussitôt que j'aurais eu mangé d'un excellent mets français. Car vous le savez aussi bien que moi, seigneur Brun : quand un homme riche ou puissant vient en cour, tout le monde s'empresse autour de lui. C'est à qui tiendra son manteau, c'est à qui lui dira : *Lavez, lavez, Sire !* On lui sert le bœuf au poivre jaune ; toutes les viandes délicates qui passent devant le Roi. Mais il en est autrement de celui qui n'a pas grande charge et force deniers : on le dirait sorti de la fiente de Lucifer. Il ne trouve place au feu ni à la table ; il est obligé de manger sur ses genoux, et les chiens de droite et de gauche viennent lui enlever le pain des mains. Il boit une pauvre fois, deux fois tout au plus et du moindre ; il touche à une seule espèce de viandes, et les valets ne lui donnent que des os à ronger. Tristement oublié dans un coin, il devra se contenter de pain sec, tandis que les grands et bons plats, servis par les cuisiniers et les sénéchaux à la table du maître, sont mis de côté pour être envoyés aux amies chères de ces cuistres que le démon puisse emporter ! Voilà, sire Brun, pourquoi j'ai, ce matin avant de partir, fait la revue de mes provisions de pois et de lard ; et pourquoi je me suis déjeuné avec six denrées de frais rayons de miel. »

À ce mot de miel, Brun, oubliant ce qu'il savait de la malice de Renart, ne put s'empêcher d'interrompre :

« *Nomini patre christum fil*, ami ! où pouvez-vous donc trouver tant de miel ? Ne voudriez-vous pas m'y conduire ? par la corbieu ! c'est la chose que j'aime le mieux au monde. »

Renart étonné de le trouver si facile à enpaumer, lui fait la loupe, et l'autre ne s'aperçoit pas que c'est la courroie qui doit le pendre.

« Mon Dieu ! Brun, reprit-il, si j'étais sûr de trouver en vous un véritable ami, je vous donnerais, j'en atteste mon fils Rovel, autant de ce miel excellent que vous en pourriez désirer. Il ne faut pas le chercher loin ; à l'entrée de ce bois que garde le forestier Lanfroi. Mais non : si je vous y conduisais uniquement pour vous être agréable, j'en aurais mauvais loyer.

— Eh ! que dites-vous là, Renart ? vous avez donc bien peu de confiance en moi.

— Assurément.

— Que craignez-vous ?

— Une trahison, une perfidie.

— C'est le démon qui vous donne de pareilles idées.

— Eh bien ! donc, je vous crois, je n'ai rien contre vous.

— Et vous avez raison : car l'hommage que j'ai fait au roi Noble ne me rendra jamais faux et déloyal.

— J'en suis persuadé maintenant, et j'ai toute confiance dans votre bon naturel. »

Pour répondre au vœu de seigneur Brun, il sort de Maupertuis et le conduit à l'entrée du bois. Lanfroi le forestier avait déjà fendu le tronc d'un chêne qui devait lui fournir les planches d'une grande table ; il avait posé deux coins dans l'ouverture, pour l'empêcher de se refermer.

« Voilà, doux ami Brun, dit Renart, ce que je vous ai promis. Dans ce tronc est la réserve du miel : entrez la tête et prenez à votre aise ; nous irons boire ensuite. »

Brun, impatient, pose les deux pieds de devant sur le chêne, tandis que Renart monte sur ses épaules et lui fait signe d'allonger le cou et d'avancer le museau. L'autre obéit : Renart de l'une de ses pattes tire à lui fortement les coins et les fait sauter. Les deux parties séparées du tronc se rapprochent et la tête de Brun reste en male étreinte.

« Ah ! maintenant, dit Renart riant à pleine gorge, ouvrez bien la bouche, sire Brun, et surtout tirez la langue. Quel bon goût, n'est-ce pas ? (Brun cependant exhalait des cris aigus.) Mais comme vous restez longtemps ! oh ! je l'avais bien prévu ; vous gardez tout pour vous, sans m'en faire part. N'êtes-vous pas honteux de ne rien laisser à votre ami ? Si j'étais malade et si j'avais besoin de douceurs, je vois que vous ne me donneriez pas poires molles. »

En ce moment arrive le forestier Lanfroi, et Renart de jouer des jambes. Le vilain voit un gros ours engagé dans l'arbre qu'il avait fendu, et retournant aussitôt au village :

« Haro ! haro ! à l'ours ! nous l'avons pris. »

Il fallait voir alors accourir les vilains avec massues, fléaux, haches, bâtons noueux d'épine. Qu'on juge de la peur de Brun ! Il entend derrière lui Hurtevillain, Gondoin Trousse-Vache, Baudoin Porte-civière, Giroint Barbette le fils de sire Nicolas, Picqueanon le puant qui fait sauver les mouches, et le bon videur d'écuelles Corbaran de la Rue, puis Tigerin Brisemiche, Tiger de la Place, Gombert Coupe-Vilain, Flambert, seigneur Herlin, Autran le Roux, Brise-Faucille prévôt du village, Humbert Grospés, Foucher Galope et bien d'autres.

Aux cris toujours plus rapprochés de cette fourmilière de vilains, Brun fait ses réflexions. Mieux lui vaut encore perdre le museau que livrer sa tête entière : la hache de Lanfroi ne l'épargnerait assurément pas. Il tâte et retâte avec ses pieds, se roidit, sent la peau de son cou céder et se détacher, laissant à nu les oreilles et les joues sanglantes. C'est à ces cruelles conditions que le fils de l'Ourse put rentrer en possession de sa tête ; on n'eût pu tailler une bourse dans la peau qu'il en rapportait, et jamais si hideuse bête ne courut risque d'être rencontrée. Il fuit à travers bois ; la honte d'être vu, la crainte d'être assommé se réunissent pour lui conserver des forces. La meute des vilains le poursuivait toujours. Maintenant voilà qu'il croise le prêtre de la paroisse, le père de Martin d'Orléans, qui revenait de tourner son fumier. De la fourche qu'il avait aux mains, il frappe Brun sur l'échine, et le grand faiseur de peignes et lanternes, frère de la Chievre de Reims, l'atteint d'une longue corne de bœuf et la lui brise sur les reins. Oh ! malheur à Renart si jamais Brun peut le rejoindre ! Mais celui-ci avait pris soin de se mettre à couvert dans Maupertuis, et quand Brun passa devant ses fenêtres, il ne put se tenir de le plaisanter encore.

« Comment vous trouvez-vous, beau sire Brun, d'avoir voulu manger tout le miel sans moi ? Vous voyez à quoi mène enfin la trahison ; n'attendez pas de prêtre à votre dernier jour. Mais de quel ordre êtes-vous donc, pour avoir ce chaperon rouge ? »

Brun ne tourna pas même les yeux sur lui ; qu'aurait-il répondu ? Il s'enfuit plus vite que le pas, croyant toujours avoir à ses trousses Lanfroi, le prêtre, le lanternier et tous les vilains du pays.

Enfin il atteignit les lieux où le roi Noble tenait sa cour. Il était grand temps qu'il arrivât, car il fléchit de lassitude et d'épuisement devant les sièges. Chacun, en le voyant ainsi débarrassé de ses oreilles et de la peau de son chef, fit d'horreur un signe de croix.

« Eh ! grand Dieu, frère Brun, dit le Roi, qui a pu t'accommoder ainsi ? Pourquoi déposer ton chaperon à la porte ? Mais le reste, où l'as-tu laissé ?

— Sire, dit avec la plus grande peine le pauvre Brun, c'est Renart qui m'a mis en cet état. »

Il fit quelques pas, puis tomba comme un corps mort, aux pieds du Roi.

Tybert et les souris

Comment le roi Noble envoie Tybert le chat convoquer Renart, pour la seconde fois ; et des souris qui ne passèrent pas la gorge de Tybert.

On aurait alors pu voir le roi Noble rugir, hérisser sa terrible crinière et se battre les flancs de sa puissante queue, en jurant par le cœur, les plaies, le sang et la mort Dieu.

« Brun, dit-il, l'odieux et méchant roux qui t'a maltraité n'a plus de composition à attendre ; les plus grands supplices seront encore trop doux pour lui. J'en ferai telle justice qu'on en parlera longtemps par toute la France. Où êtes-vous, Tybert le chat ? Allez tout de suite trouver Renart ; dites à ce misérable roux qu'il ait à venir sans délai faire droit à ma cour, et qu'il ait soin de prendre avec lui non pas un sommier chargé d'or et d'argent pour distribuer, non pas de beaux sermons à débiter, mais une corde qui serve à le pendre. »

S'il avait été libre de refuser, personne n'eût vu Tybert sur les chemins ; mais il n'y avait pas d'excuse à produire ; *il faut* bon gré malgré *que le prêtre aille à l'assemblée.*

Tybert ayant donc pris congé, traverse une vallée qui le conduit au bois, résidence ordinaire de seigneur Renart. En découvrant le château de Maupertuis, sa première pensée fut pour Dieu qu'il réclama dévotement, puis il pria saint Léonard patron des prisonniers, de le défendre des méchants tours de Renart. Une chose ajoutait à son inquiétude : comme il allait frapper à la porte, il vit traverser, d'un sapin au frêne le plus proche, l'oiseau de saint Martin, le corbeau.

« À droite, à droite ! » lui cria-t-il ; l'autre continua son vol à gauche.

De ce triste présage Tybert conclut qu'il était menacé d'un grand malheur, et cela lui ôta l'envie d'entrer chez Renart. Mais qui peut éviter sa destinée ?

Appelant donc de dehors :

« Renart, sire Renart, êtes-vous là ? Répondez-moi.

— Oui, se dit à lui-même Renart, et pour ta mauvaise aventure. »

Puis élevant la voix :

« *Welcome*, Tybert, sois le bienvenu, comme si tu arrivais en pèlerin, de Rome ou de Saint-Jacques, un jour de Pentecôte.

— Ne m'en veuillez pas, compain, et ne jugez pas de mes sentiments, d'après ce que j'ai mission de vous dire. Je viens de la part du Roi qui vous hait et vous menace. Chacun à la Cour se plaint de vous, Brun et Ysengrin avant tous. Vous n'avez auprès de Noble qu'un seul défenseur, c'est votre cousin Grimbert.

— Tybert, répond Renart, les menaces ne tuent pas : qu'ils aiguisent leurs dents sur moi, je n'en vivrai pas un jour de moins. Je prétends bien aller à votre cour ; j'y verrai qui voudra porter plainte contre moi.

— Vous ferez que sage, beau sire, et je vous le conseille en ami. Mais j'ai fait grand hâte et je m'aperçois que je meurs de faim ; j'en ai l'échine brisée ; n'auriez-vous pas à me donner quelque chapon ou poule ?

— Ah ! vous demandez plus que je ne pourrais vous offrir, Tybert, et vous voulez m'éprouver sans doute. Tout ce que je pourrais vous trouver, ce serait des rats, des souris, mais des souris bien grasses, par exemple. Vous n'en voudriez pas.

— Comment ! des souris ? j'en prendrais avec le plus grand plaisir.

— Oh ! non, c'est un trop petit manger pour vous !

— Je puis vous assurer, Renart, que si j'écoutais mon goût, je ne vivrais pas d'autre chose.

— En ce cas, je puis vous en donner plus que vous n'en mangerez assurément. Je vous joins, et vous n'aurez plus qu'à me suivre. »

Le besoin avait sans doute fait perdre, ce jour-là, la mémoire à Tybert ; il ne soupçonnait plus de trahison et suivit docilement Renart jusqu'aux portes d'un village voisin dont toutes les poules étaient depuis longtemps passées dans la cuisine d'Hermeline.

« Maintenant, dit-il à Tybert, coulons-nous entre ces deux maisons ; nous arriverons chez le prêtre, son grenier que je connais est fourni de froment et d'avoine, les souris y trouvent table ouverte. La dernière fois que j'y fis une reconnaissance, j'en pris une grande quantité, dont je mangeai sur place la moitié, je mis les autres en conserve. Et tenez, voici le trou qui donne entrée, passez et régalez-vous. »

Tout cela était de l'invention de Renart. Le prêtre n'avait ni froment ni avoine : bien au contraire, chacun, dans le village, se plaignait de sa mauvaise femme qui l'avait rendu père de Martin d'Orléans. Elle avait entièrement ruiné le pauvre homme ; de tout son bétail il ne restait qu'un coq et deux poules, dont Renart se gardait bien d'approcher, car le beau Martin qui avait déjà couronne de moine (plus tard il devait avoir la corde), avait mis dans le trou deux lacets à prendre Renart. Digne fils de prêtre, qui met son étude à guetter chats et goupils !

« Allons donc guetter ! dit Renart, le voyant hésiter un peu, avance : Mère Dieu, que tu es devenu lourd ; va, je t'attendrai ici. »

Tybert excité par ces paroles s'élance, mais aussitôt reconnaît sa folie : car il se sent pris à la gorge et serré par un vigoureux lacet. Plus il tire et plus il étrangle. Comme il faisait pour échapper de vains efforts, Martinet accourt.

« Debout ! debout ! crie-t-il aussitôt ; sus, beau père ! ma mère, au secours ! De la lumière ; accourez au trou ; le goupil est pris. »

La mère de Martinet, première levée, se hâte d'allumer une chandelle, et de l'autre main prend sa quenouille. Le prêtre suit, sans avoir pris le temps de passer une robe, si bien que le malheureux Tybert eut livraison de plus de cent coups. C'est à qui le frappera, du prêtre, de la prêtresse ou de leur fils. Enfin, perdant toute patience, Tybert voyant le prêtre tout près de lui, se jette avec rage, de la griffe et des dents, sur une de ses joues qu'il mord au point d'emporter le morceau. Le prêtre pousse un cri de détresse, la femme veut le venger, le chat s'élance sur elle et la traite presque aussi mal.

Aux cris aigus qu'elle pousse, Martinet revient près de ses chers parents, mais Tybert, à force de travailler, parvient à ronger le lacet et se sauve roué, meurtri, mais vengé de ses bourreaux. Que ne peut-il aussi tirer vengeance de Renart ! Mais dès que le traître avait vu Tybert dans le piège et Martinet criant haro, il avait repris le chemin de son logis.

« Ah ! Renart, disait Tybert, que jamais Dieu ne te prenne à merci ! Pour moi j'ai mérité tous les coups que je viens de recevoir. Comment ai-je pu me laisser encore tromper par ce puant roux ? Au moins, toi, méchant prêtre, tu te souviendras de moi. Puisse Dieu te donner mauvais gîte, peu de pain, et la compagnie des diables à la fin ! La trace de mes griffes restera sur ton vilain visage, et quant à ton digne fils, je lui souhaite de n'avoir jamais denier en bourse et de quitter son abbaye comme relaps, pour être conduit aux fourches comme larron. »

La confession de Renart

Comment Grimbert porta la troisième semonce à seigneur Renart, et comment Renart après s'être confessé fut absous de ses péchés.

C'est en prononçant telles malédictions que Tybert regagna la vallée où résidait la cour du Roi. En arrivant, il s'agenouille aux pieds de Noble et lui rend compte des circonstances et du mauvais succès de son voyage.

« En vérité, dit le Roi, il y a dans l'audace et l'impunité de Renart quelque chose de surnaturel. Personne ne pourra-t-il me délivrer de cet odieux nain ? Je commence à douter de vous, Grimbert. N'êtes-vous pas d'accord avec lui, et ne lui donneriez-vous pas avis de tout ce qu'il se passe ici ?

— Sire, je n'ai jamais donné le droit de mettre en soupçon ma loyauté.

— Eh bien ! s'il est ainsi, rendez-vous à Maupertuis, et ne revenez pas sans votre cousin Renart.

— Sire, dit alors Grimbert, telle est la fâcheuse position de mon parent, qu'il ne viendra pas si je ne suis muni de vos lettres. Mais à la simple vue de votre sceau, je le connais, il se mettra en chemin.

— Grimbert a raison », dit le Roi ; et sur-le-champ il dicta la lettre que Baucent le sanglier écrivit et que Brichemer revêtit du sceau royal.

Grimbert reçut à genoux et des mains du Roi la lettre scellée ; puis il prit congé de la Cour et partit.

À l'extrémité d'un essart ou terre labourée, il s'engagea dans un sentier étroit qui appartenait aux dépendances du château de Maupertuis : un guichet ouvert conduisait aux premières palissades. Renart entendant corner s'imagina qu'on venait l'assaillir, et courut du côté d'où partait le bruit. Il reconnut aisément

Grimbert, comme il venait de franchir le pont-levis et qu'il s'engageait dans un défilé qui aboutissait à la secrète entrée du manoir.

« Est-ce toi, cher Grimbert ? lui dit Renart en lui jetant les deux bras au cou. Çà, viens dans mes salles, et qu'on lui apporte deux oreillers ; je veux qu'on fasse à mon cousin tout l'honneur possible. »

Grimbert agit en personne sage : il n'exposa le sujet de sa visite qu'après avoir bien dîné. Dès que les nappes furent levées :

« Écoutez-moi, sire Renart ; vos malices ont poussé tout le monde à bout, et le Roi m'a chargé de vous porter la troisième convocation. Vous viendrez donc faire droit dans sa cour des Pairs. En vérité, je ne devine pas ce que vous opposerez à Brun, à Tybert, à Ysengrin. Je ne veux pas vous flatter d'espérances vaines : vous serez condamné à la peine capitale. Tenez, rompez le sceau de ces lettres royales, et vous jugerez par vous-même de la gravité de la situation. »

Renart brisa la cire avec une certaine émotion ; la lettre était ainsi conçue :

« Messire Noble, le Lion, souverain maître de toutes les régions et de toutes les bêtes du monde, mande à Renart honte et dernier supplice, s'il ne vient demain répondre à la plainte portée contre lui dans ma cour. Il se munira, non pas d'une charge d'or ou d'argent, non pas d'un beau sermon, mais de la corde qui pourra servir à le pendre. »

À la lecture de ces lettres, Renart changea de couleur et perdit contenance.

« Ah ! Grimbert, dit-il, maudite l'heure de ma naissance ! Conseillez-moi, je vous prie ; empêchez que demain je ne sois pendu ! J'aurais dû, quand il en était temps, entrer en religion, à Clairvaux ou à Clugny ; mais les moines eux-mêmes ne sont guère faciles à vivre, et je n'aurais pas longtemps échappé au mauvais vouloir des blancs manteaux. Ils auraient été les premiers à me livrer.

— Laissez là ces regrets, dit le sage Grimbert, et n'oubliez pas que demain vous courrez grande aventure de mort. Personne ne viendra m'aider à vous défendre ; mettez donc à profit le temps qui vous reste. Confessez-vous, me voici pour vous entendre, à défaut de prêtre.

— Hélas ! fit Renart, je reconnais que le conseil est bon à suivre ; car enfin si je ne meurs pas, la confession ne me fera pas de mal, et si l'on me pend, elle m'ouvrira les portes du Paradis. Allons ! écoutez, cousin, je commence :

« Seigneur, j'ai souhaité la femme de mon prochain. Hersent n'a pas dit vrai ; elle me fut toujours excellente amie, et je n'eus jamais à me plaindre de ses cruautés. Mais si j'ai fait trop de mal à mon compère Ysengrin pour être mis hors de cour, au moins que Dieu me le pardonne ! Je suis coupable ; c'est ma très grande faute. J'ai fait prendre Ysengrin trois fois : la première, quand un piège à loup l'arrêta dans la vigne ; la seconde, quand sa pelisse fut déchirée par un collet tendu ; la troisième, quand il se gorgea tellement de bacons chez un prudhomme, qu'il ne put sortir du trou qui lui avait d'abord livré passage. Je l'ai fait demeurer sur un vivier jusqu'à ce qu'il eût la queue prise entre les glaçons.

» Je l'ai fait pêcher tout une belle nuit dans la fontaine, pour y prendre, avec les dents, la lune qu'il croyait être un fromage blanc.

» Je le fis battre par les marchands de poisson.

» Je le couronnai d'une belle tonsure à l'eau bouillante, il devint moine et chanoine, mais en lui voyant manger les ouailles, ceux qui l'avaient fait berger se vengèrent de ne l'avoir pas fait assommer.

» Et quand Ysengrin eut, un jour, entrepris le siège de Maupertuis, avec l'aide de Brun l'Ours et nombre de bœufs et de sangliers, j'avais, de mon côté, pris à ma solde et retenu Rooniaus le mâtin qui m'avait amené plus de six mille de ses amis. Ils furent souvent battus et navrés pour moi : le siège levé, ils me demandèrent leurs soudées ; je m'accuse de leur avoir fait la loupe et de leur avoir manqué de parole. Je ne puis rappeler tous les autres tours que j'ai joués, mais il n'y a pas à la cour du Roi une seule bête qui n'ait à se plaindre de moi. Je ne parle pas des poules et des chapons du vilain, des frères et sœurs de la jeune Pinte, de Brun et du miel que je lui ai brassé ; de Tybert et des souris que je lui ai servies ; de tout cela et de bien d'autres méfaits je suis coupable et je veux faire pénitence, si Dieu ne me laisse pas le temps de l'accomplir.

— Seigneur Renart, dit Grimbert, vous vous êtes bien confessé ; il faut maintenant promettre de ne plus retomber dans les mêmes fautes.

— Ah ! je le promets ; ce n'est pas aujourd'hui le moment de rien dire ou faire qui soit déplaisant à Dieu. »

Il se mit à genoux, et moitié latin, moitié roman, Grimbert lui donna l'absolution générale.

Le voyage à la cour du Roi

De la chevauchée de seigneur Renart et de Grimbert, et comme ils arrivèrent à la Cour du Roi.

Le lendemain, au point du jour, Renart embrassa sa femme et ses enfants qui menaient grand deuil.

« Enfants de haut parage, dit-il, je ne sais ce qu'il adviendra de moi ; songez à tenir mes châteaux en bon état. Tant que vous les garderez, vous n'avez rien à redouter de roi, de comte, de prince ou de châtelain. Ils resteront six mois devant les portes, sans être plus avancés que le premier jour. Vous avez des provisions pour plusieurs années ; je vous recommande à Dieu, et priez-le de me laisser revenir bientôt. »

Et quand ils furent dehors, il fit encore l'oraison suivante :

« Beau sire Dieu, je mets sous ta garde mon savoir et mon esprit. Fais que je les aie bien présents, quand je serai devant Noble, quand Ysengrin portera plainte contre moi. Fais que je le confonde, soit en niant, soit en plaidant, soit en combattant. Surtout donne-moi le temps nécessaire pour soulager mon cœur du poids de vengeance qui le brûle, contre tous ceux qui m'accusent. »

Alors il se prosterna, dit trois *mea culpa*, et fit un signe de croix pour se prémunir contre les diables et contre le roi Lion.

Les deux barons s'en vont à la Cour. Ils passent une rivière, suivent un défilé, gravissent une montagne, puis entrent en plaine. Renart est tellement accablé de douleur qu'il perd le vrai chemin et qu'ils se trouvent tous deux, quand ils s'y attendaient le moins, devant une Grange aux Nonnes. La maison était abondamment garnie de tous les biens de la terre.

« Nous ferions bien, dit Renart, d'avancer le long de ces haies, vers cette cour où s'ébattent tant de poules. Là doit être le chemin que nous avons perdu.

— Ah ! Renart ! fait Grimbert, Dieu sait pourquoi vous parlez ainsi. Vous êtes vraiment pire qu'un hérétique. Ne vous êtes-vous pas confessé de vos anciens méfaits ; n'avez-vous pas reconnu votre faute ?

— Je l'avais oublié, répond Renart, éloignons-nous donc, puisque vous le voulez.

— Hélas ! que tu recules ou avances, tu mourras sans devenir meilleur ; tu resteras parjure et foi-mentie ! Conçoit-on un pareil aveuglement ! Tu cours aventure de mort, et tu le sais ; tu as eu le bonheur de faire ta dernière confession, et tu songes à recommencer ta méchante vie ! Maudite l'heure où ta mère te laissa tomber sur terre !

— Oui, mon beau cousin, vous avez raison ; cheminons et ne querellons pas. »

La crainte de son cousin le retenait ; pourtant, de temps en temps, il tournait la tête du côté de la Grange aux Nonnes, et s'il avait été le maître, il n'eût pas manqué de fondre sur la volatile, au risque d'aventurer les mérites de sa confession.

D'ailleurs il avançait à contrecœur. Plus il approchait et plus il tremblait d'inquiétude. Mais voilà que la dernière montagne est franchie, la vallée se découvre où siège la Cour, et déjà la séance était ouverte, quand ils mirent pied à terre et demandèrent à être introduits.

L'acte d'accusation

Comment seigneur Renart, messire Noble le roi, et Grimbert firent de beaux discours qui ne persuadèrent personne, et comment messire Noble donna connaissance à seigneur Renart de l'acte d'accusation.

L'arrivée de seigneur Renart et de Grimbert causa un grand mouvement dans l'assemblée des barons. Il n'y eut bête qui ne témoignât la plus vive impatience de soutenir l'accusation. Ysengrin le connétable aiguise même déjà ses dents, dans l'espoir que le champ lui sera donné : Tybert et Brun brûlent de venger, le premier sa queue perdue, le second le chapeau rouge qu'il a rapporté. Chantecler se dresse sur ses ergots, près de Rooniaus qui gronde et aboie d'impatience.

Mais au milieu de toutes ces démonstrations de haine et de fureur, Renart, redevenu lui-même, affecte une apparente tranquillité ; il s'avance d'un air serein jusqu'au milieu de la salle, et après avoir promené lentement ses regards fiers et dédaigneux à droite, à gauche et devant lui, il demande à être entendu et prononce le discours suivant :

« Sire Roi, je vous salue, comme celui qui vous a rendu meilleur service, à lui seul, que tous vos autres barons réunis. On m'a diffamé auprès de vous ; mon malheur a voulu que je n'aie jamais joui tout un jour de votre bienveillance. On me dit que, grâce aux flatteurs qui vous entourent, vous voulez me faire condamner à mort. Peut-on s'en étonner, quand le Roi se complaît dans le rapport de gens sans honneur, quand il répudie le conseil de ses barons les mieux éprouvés ? Dès que l'on abaisse les têtes pour exalter les pieds, l'État doit se trouver en mauvais point ; car ceux que Nature a faits serfs ont beau monter en puissance, en richesse, ils ont toujours le cœur servile, et leur élévation ne leur sert qu'à faire aux Nobles de cœur et de naissance tout le mal possible. Jamais chien affamé ne se contentera de lécher son voisin. Les serfs ne sont-ils pas le fléau des pauvres gens ? ils conseillent le changement des monnaies pour enfler leur bourse, ils rongent les autres et profitent seuls de toutes les iniquités qu'ils ont provoquées. Mais je voudrais bien savoir ce que Brun et Tybert viennent réclamer de moi. Assurément ils peuvent, avec l'appui du Roi, me faire beaucoup de mal, qu'ils aient tort ou raison ; mais enfin, si Brun fut surpris par le vilain Lanfroi, comme il mangeait son miel, qui pouvait l'empêcher de se défendre ? N'a-t-il pas des mains assez larges, des pieds assez grands, des dents assez fortes, des reins assez agiles ? Et si le digne Tybert fut pris et mutilé pendant qu'il mordait rats et souris, en quoi cela peut-il m'atteindre ? Étais-je maire ou prévôt, pour lui faire obtenir réparation ? Et comment viendrait-on me demander ce qu'il ne serait pas en mon pouvoir de rendre ? Pour ce qui regarde Ysengrin, en vérité je ne sais que dire. S'il prétend que j'aime sa femme, il a parfaitement raison ; mais que cela désole le jaloux, je n'en puis mais. Parle-t-on de murailles franchies, de portes rompues, de serrures forcées, de ponts brisés ? Je ne le suppose pas : quelle est donc l'occasion de la plainte portée ? Mon amie, la noble dame Hersent ne me reproche rien ; de quoi se plaint donc Ysengrin ? comment sa mauvaise humeur pourrait-elle entraîner ma perte ? Non, sire Dieu m'en préservera. Votre royauté sans doute est très haute, mais je puis le dire en toute assurance ; je n'ai si longtemps vécu que pour faire, envers et contre tous, acte de dévouement et de fidélité à votre endroit. J'en prends à témoin le Dieu qui ne ment pas, et saint Georges patron des preux chevaliers. Maintenant que l'âge a brisé mes forces, que ma voix est fêlée et que j'ai même assez de peine à rassembler mes idées, il est peu généreux de m'appeler en cour et d'abuser de ma faiblesse ; mais le Roi commande, et j'obéis. Me voici devant son trône ; il peut me mettre en prison, me condamner au feu, à la corde ; toutefois, à l'égard d'un vieillard, la vengeance serait peu généreuse, et si l'on pendait une bête telle que moi sans l'entendre, je crois qu'on en parlerait longtemps. »

À peine Renart avait-il fini que le roi Noble prenant la parole à son tour :

« Renart, Renart, tu sais parler et te défendre ; mais l'artifice n'est plus de saison. Maudite l'âme de ton père et de la mauvaise femme qui te porta sans avorter ! Quand tu aurais toutes les ruses de la fauve ânesse dont parle le Livre, tu n'éviterais pas la punition de tes nombreux méfaits. Laisse donc là ton apparente sécurité ; c'est de la renardie. Tu seras jugé puisque tu le demandes ; mes barons ici rassemblés décideront comment on doit traiter un félon, un meurtrier, un voleur tel que toi. Voyons, quelqu'un veut-il dire ici que ces noms ne te conviennent pas ? Qu'il parle, nous l'écouterons. »

Grimbert se leva.

« Sire, dit-il, vous voyez que nous avons répondu à votre convocation ; nous sommes venus nous incliner devant votre justice : est-ce à dire pour cela qu'il convienne de nous traiter outrageusement, même avant d'entendre la cause ? Voici seigneur Renart qui se présente pour faire droit et satisfaire à ce qu'on lui va demander : si quelque plainte s'élève contre lui, vous devez, sire, laisser à la défense liberté entière et tous les moyens de repousser publiquement une accusation publique. »

Grimbert n'avait pas encore cessé de parler quand se levèrent tous ensemble Ysengrin le loup, Rooniaus le mâtin, Tybert le chat, Tiecelin le corbeau, Chantecler le coq, Pinte la geline, Drouin le moineau et seigneur Courart le lièvre ; sans parler de Brun l'ours, de Frobert le grillon, de la Corneille et de la Mésange. Le Roi ordonne à tous de se rasseoir : puis lui-même expose les diverses plaintes portées contre Renart, et soumises au jugement de la cour assemblée.

Renart et Pinçart le héron

Comment Pinçart le héron pêchait en rivière et comment seigneur Renart pêcha le pêcheur.

La faim commençait à visiter Renart quand, du buisson sous lequel il s'était tapi de façon à n'être vu de personne, il aperçut le héron Pinçart qui le long de la rivière pêchait les poissons au bec. Pinçart est un objet de bonne prise ; mais le moyen d'aller jusqu'à lui ?

« Possible qu'il vienne de lui-même : mais quand ? Je pourrai mourir de faim en l'attendant : et puis quelque vilain ou, ce qui est pis encore, quelque mâtin ne viendra-t-il pas me troubler ? Pinçart serait pourtant un excellent souper. Allons ! Donnons-nous la peine ; c'est la loi du siècle, sans travail on ne peut arriver à rien. »

Il rampe alors jusqu'au bord de l'eau. Le rivage était garni d'une fougère épaisse, il en arrache plusieurs brassées, les réunit et les serre en forme de radeau qu'il laisse aller à la dérive, au-dessus de l'endroit où se tient Pinçart. À la vue du train, l'oiseau pêcheur lève la tête et fait un saut en arrière : mais reconnaissant que ce n'est qu'un tas de fougère, il se rassure et reprend tranquillement sa pêche.

Seigneur Renart fait un nouvel essai : il arrache une seconde brassée plus épaisse et la jette encore sur l'eau. Le héron regarde plus attentivement, se rapproche de l'objet flottant, fouille du bec et des pattes la fougère, et rendu certain qu'il n'y a là pour lui rien à gagner ou à craindre, il se remet une seconde fois à la pêche, résolu de ne plus l'interrompre pour d'autres arrivages du même genre. Cette confiance fut cause de sa perte : car Renart en va profiter pour tenter le coup décisif. Il fait un troisième radeau et s'y ménage une sorte de lit dans lequel il pourra se cacher aisément, car la fougère est précisément de la couleur de sa pelisse.

Il hésite pourtant avant d'y entrer ; le terrain n'est peut-être pas assez solide : mais enfin il prend son parti, se met à flot en même temps que son frêle bâtiment, et se voit porté tout près du pêcheur à long bec. Pinçart ne s'en préoccupe pas :

« À d'autres ! dit-il, je ne m'effraie pas pour quelques brins de fougère. »

Et bientôt Renart, profitant du moment où le bec et la tête de l'oiseau étaient plongés dans l'eau, jette sur lui la dent, le saisit par le cou, lui redresse la tête, saute à terre et le traîne sous le buisson le plus voisin. Pinçart criait de toutes ses forces ; mais l'autre n'était pas de ceux que les plaintes attendrissent ; il le place sous ses pieds et lui donne ainsi le coup de grâce. Sitôt étranglé, sitôt mangé, pour ainsi dire.

Condamnation de Renart

Comment Renart fut, par jugement des Pairs, condamné à être pendu. Comment il ne le fut pas, et comment il rentra dans Maupertuis.

Après avoir gravement exposé quelles étaient les plaintes d'Ysengrin, de Brun, de Tybert, de Tiecelin, de Frobert, de Drouineau, de Chantecler et des dames Pinte, Corneille et Mésange, le Roi s'adressant aux barons assemblés :

« C'est maintenant à vous, dit-il, de prononcer l'arrêt de ce grand malfaiteur, ou plutôt de décider de quel supplice il devra mourir. »

La réponse de la Cour fut que Renart était atteint et convaincu de trahison, et que rien ne pouvait le défendre des fourches qu'il avait méritées.

« Vous avez bien dit, fait le Roi. Qu'on dresse le gibet ! nous tenons le coupable, il ne faut pas qu'il nous échappe. »

Les fourches furent dressées sur une roche élevée. On se saisit de Renart, on l'oblige à gravir la montée. Cointereau le singe lui fait la moue et de sa patte lui soufflette le museau ; les autres, à qui mieux mieux, le tiraillent et le poussent. Couart le lièvre lui jette une pierre, mais de loin et quand il est déjà passé. Malheureusement pour lui, Renart, venant alors à tourner la tête, le vit, fronça le chef et Couart eut tellement peur qu'il se cacha sous une haie et ne reparut plus. Il voulait, dit-il, regarder de là l'exécution plus à son aise. Pour Renart, au moment d'atteindre les fourches, il eut recours à l'expédient qu'il tenait en réserve, il annonça qu'il avait à faire d'importantes révélations. Le Roi ne put se dispenser de l'entendre.

« Sire, dit-il, vous m'avez fait saisir et charger de chaînes ; vous avez décidé que je serais pendu. Je suis, je l'avoue, un grand pécheur, mais vous ne voudrez pas m'ôter les moyens de me réconcilier avec Dieu. Permettez-moi de prendre la croix ; je quitterai le pays, j'irai visiter le Saint-Sépulcre. Si je meurs en Syrie, je serai sauvé et Dieu vous récompensera de m'avoir fait rentrer en grâce avec lui. »

Disant cela, il lui va tomber aux pieds, et le Roi ne peut s'empêcher d'être grandement touché.

Grimbert venant en aide à son cher cousin :

« Sire, je me porte garant de Renart auprès de vous ; défendez-le du supplice, et jamais il ne fera de tort à vous ni à d'autres. Recevez, pour Dieu, votre baron à merci ! S'il est pendu, quel déshonneur pour toute sa lignée ! et vous le savez, elle est de haut parage : combien de services ne pouvez-vous encore en attendre ! Vous aurez, avant six mois, besoin d'un vaillant homme d'armes : laissez Renart passer outremer ; à votre premier appel il reviendra.

— Non pas, répondit Noble ; car la coutume des croisés est de retourner pires qu'ils ne sont partis. Ceux mêmes qui étaient des meilleurs à l'aller, sont mauvais au revenir.

— Eh bien ! sire, il ne reviendra pas ; mais, au nom du ciel, qu'il parte ! »

Noble se tournant alors vers Renart :

« Ah ! méchante créature, toujours éloignée du droit chemin ; n'as-tu pas cent fois mérité la corde qu'on t'avait préparée ?

— Merci, gentil roi, cria Renart. Recevez ma foi : jamais je ne serai l'occasion de plainte.

— Je ne devrais pas te croire ; mais j'atteste tous les saints de Bethléem que si j'entends encore mal parler de toi, rien ne te garantira du supplice. »

Renart voit bien que le Roi lui accorde la vie ; mais Noble fait plus encore ; il lui tend les mains et le relève. On apporte la croix ; c'est Brun qui, tout en blâmant la faiblesse du Roi, la lui attache sur l'épaule. D'autres barons, non moins mécontents, lui présentent l'écharpe et le bourdon.

Voilà donc Renart un bourdon ou bâton de frêne à la main, l'écharpe au cou, la croix sur l'épaule. Le Roi lui fait déclarer à ceux qui l'ont condamné qu'il ne conserve contre eux aucun mauvais vouloir ; il est (au moins le dit-il) résolu de renoncer à la vie de mauvais garçon ; avant tout, il tient au salut de son âme. Tout ce qu'on lui demande, Renart l'accorde sans hésiter ; il rompt le fétu avec chacun des barons et leur pardonne. L'heure de Nones arrivait quand il prit congé de la Cour.

Mais dès qu'il se sentit libre et qu'il eût mis les murs et le plessis entre les barons et lui, son premier soin fut de défier ceux qu'il venait d'apaiser par son repentir ; il n'excepta que messire Noble. Ici, je ne dois pas omettre qu'avant de prendre congé, il avait trouvé dans le courtil du palais, Madame Fière la Reine, dont grande était la beauté, la courtoisie.

« Seigneur Renart, lui avait-elle dit, priez pour nous, outremer, nous prierons ici pour votre retour.

— Dame, fit Renart en s'inclinant, la prière venue de haut est la chose la plus précieuse du monde ; heureux celui pour qui vous prierez ! il aura grand sujet de démener joie. Oh ! que j'accomplirais heureusement mon pèlerinage, si j'emportais en Syrie un gage de votre amitié ! »

La Reine alors détacha l'anneau de son doigt et le lui tendit. Renart prit à peine soin de l'en remercier, mais il dit entre ses dents :

« Cet anneau, je ne le rendrais pour rien au monde » ; et l'ayant passé à son doigt, il avait reçu, comme on a vu, congé de toute la Cour, et piqué des éperons.

Il fut bientôt près de la haie où la crainte retenait encore seigneur Couart le lièvre ; Couart se voyant découvert et n'osant essayer de fuir lui dit d'une voix tremblante :

« Seigneur Renart, Dieu vous donne bon jour ! Je suis bien content de vous revoir en bon point : c'était un grand deuil pour moi que les ennuis dont on vous accablait tout à l'heure.

— Vraiment, Couart, notre ennui vous affligeait ! Ah ! mon Dieu, la bonne âme ! Eh bien, si vous avez eu pitié de notre corps, je suis heureux de pouvoir me régaler du vôtre. »

Couart entend ces terribles paroles ; il veut s'échapper, il était trop tard : Renart le saisit aux oreilles :

« Par le corbieu, sire Couart, vous n'irez pas plus loin seul ; vous viendrez avec moi, de bon ou mauvais gré ; je veux vous présenter ce soir à mes enfants qui vous feront bonne fête. »

Et disant cela, il l'étourdit d'un coup de son bourdon.

Puis il se remit en marche avec son prisonnier ; il gravit une montagne d'où l'on planait sur le vallon dont la Cour du Roi remplissait l'étendue. Il contemple de là ceux qui venaient de le condamner et qui murmuraient de la faiblesse de Noble ; il fait un grand cri pour attirer l'attention générale, et décousant aussitôt la croix qu'on lui avait attachée.

« Sire Roi, dit-il, reprenez votre lambeau, et Dieu maudisse qui m'encombra de ce bourdon, de cette écharpe et de toute cette friperie. »

Il leur jette bourdon, écharpe et croix, leur tend le derrière et reprend :

« Écoutez, sire Roi : je suis revenu de Syrie où j'étais allé par vos ordres. Le sultan Noradin, me voyant si bon pénitent, vous mande salut de par moi. Les païens ont tellement peur de vous qu'ils se mettent à la fuite dès qu'on prononce votre nom. »

Pendant qu'il se plaît à les plaisanter ainsi, seigneur Couart prend ses mesures, s'échappe, et mettant une bonne distance entre Renard et lui, retourne aux lieux où siégeait la Cour. Il arrive les flancs brisés, la peau déchiquetée ; il se jette aux pieds du Roi, il raconte en haletant le nouveau méfait dont peu s'en est fallu qu'il ne demeurât victime.

« Grand Dieu ! s'écrie Noble, malheur à moi d'avoir compté sur le repentir de ce larron infâme. Sus, barons ! courez à lui ; et s'il échappe, je ne le vous pardonnerai de ma vie : j'accorde franchise et noblesse à tous les enfants de ceux qui me l'amèneront. »

Il fallait voir alors monter à cheval et piquer des deux éperons, pêle-mêle, sire Ysengrin, Brun l'ours, Tybert le chat, Belin le mouton, Pelé le rat, Chantecler le coq, Pinte la geline et ses sœurs, Ferrant le roncin, Rooniaus le mâtin, Blanchart le chevreuil, Tiecelin le corbeau, Frobert le grillon, Petitpourchas le furet, Baucent le sanglier, Bruyant le taureau, Brichemer le cerf, et Tardif le limaçon, chargé de porter l'oriflamme et de leur montrer à tous la route. Renart les voit accourir et reconnaît aisément l'enseigne développée. Sans perdre un moment, il se précipite dans une grotte ; les bataillons ennemis l'y suivent de près : il entend déjà les cris de victoire autour de lui.

« Maudit roux ! tes jambes ne te sauveront pas : il n'y a plessis, murs, fossés, fourré, barrière, château, donjon ou forteresse qui te garantisse. »

Accablé d'une extrême lassitude, l'écume lui couvre la bouche, et sa pelisse n'est plus à l'abri de la morsure des plus ardents. C'en est fait ; on va lui fermer la retraite et le retenir prisonnier. Mais en ce moment, il découvre le sommet de Maupertuis et cette vue ranime ses espérances ; il fait un dernier effort, il gagne enfin cet asile, impénétrable à tout autre. Maintenant, que Noble en forme le siège, il y passera plusieurs années avant d'en briser les portes. Renart a des vivres pour longtemps ; il attendra tout à son aise ceux qui le poursuivent. Sa femme qui l'honore et le vénère, avertie par les trompes de l'armée royale, vint recevoir son noble époux à la première entrée, dans la compagnie de ses trois fils, Percehaie, Malebranche et Rovel (aucuns nomment ce dernier Renardel). Il est alors entouré, caressé, embrassé. On visite ses plaies ouvertes, on les lave de vin blanc ; puis on l'assoit sur un coussin moelleux. Le dîner est servi, Couart manquait seul à la fête ; mais seigneur Renart était si las qu'il ne put guère manger que le filet et le croupion d'une poule. Le lendemain, il fut saigné et ventousé ; et quelques jours suffirent pour lui rendre ses anciennes forces et la meilleure santé.

Débat de Renart et d'Ysengrin

De la dispute de Renart contre Ysengrin, et comment le combat fut ordonné entre eux.

L'histoire dit que quand le roi Noble eut longuement rappelé l'origine de toutes les plaintes portées devant sa cour, l'assemblée parut convaincue de la nécessité de faire un grand exemple. Mais Renart avait été à bonne école ; rien ne le troublait, il avait pris le temps de peser toutes ses réponses. Quand il vit la disposition des esprits, il se leva d'un air grave et demanda la permission de démentir chacune des accusations portées devant la Cour.

« La demande est juste, répondit le Roi ; on ne condamne pas sans entendre. Parle, nous écouterons ce que tu pourras dire pour te justifier.

— Sire, dit Renart, avant tout, je vous remercie de m'avoir convoqué pour comparaître devant la Cour ; c'était me donner tous les moyens de faire prévaloir la vérité. Les plaintes de Tybert et de la Mésange ont si peu de gravité que, pour ménager votre attention, je ne veux pas même y répondre. Je n'ai pas le moindre souvenir d'avoir jamais vu Copette, je ne puis donc l'avoir blessée ni meurtrie. Tout ce que je sais de Chantecler, c'est que, l'ayant un jour décidé à me suivre, je lui permis de me quitter à l'approche d'une meute qui pouvait lui nuire autant qu'à moi-même. Pourquoi sire Brun l'ours se joint-il à mes accusateurs, je ne saurais le dire ; car je ne lui ai jamais envié une ligne de sa peau. Je ne me souviens pas non plus d'avoir la moindre chose à me reprocher, soit à l'égard de Rooniaus, soit à l'égard de mon compère Ysengrin. Si la plupart de mes voisins m'accusent, c'est que l'ingratitude et l'envie règnent aujourd'hui dans le monde ; chacun le sait, et je ne puis m'étonner que mes services aient toujours été mal reconnus. On est bien souvent puni d'avoir voulu trop bien faire, et ce n'est pas ordinairement le plus coupable qu'on vient à condamner. Hélas ! Dieu ne m'a pas été prodigue de faveurs : telle est ma destinée que mes meilleures actions sont devenues l'occasion de mes plus grandes infortunes. » (Ici Renart parut céder à une vive émotion ; il porta son bras à ses yeux comme pour essuyer une larme, et reprit :)

« Je le dis donc en toute sincérité, je n'ai jamais oublié ce que je devais à dame Hersent, la femme épousée de mon compère. Outrager sa commère, aurait été le fait d'un hérétique, et messire Ysengrin a toute honte bue, quand il vient publiquement m'accuser d'une pareille énormité. »

Ici messire Ysengrin ne put s'empêcher de l'interrompre :

« Vraiment c'est affaire à toi de nier des méfaits plus clairs que le jour ! Ah ! que tu sais bien chanter la messe des fous ! Ce n'est pas toi non plus qui m'avais conseillé d'entrer dans le puits, d'où je ne devais jamais sortir ? Tu t'y trouvais, disais-tu, dans le Paradis, parmi les bois, les moissons, les eaux et les prairies ; tu vivais au milieu de tout ce qu'il était possible de désirer, perdreaux et poules, saumons et truites. Je te crus pour mon malheur, j'entrai dans le seau ; à mesure que je descendais tu remontais, et quand à mi-chemin je voulus savoir ce que tu prétendais, tu me répondis que la coutume était, quand l'un descendait que l'autre remontât ; que tu sortais de l'enfer où j'allais moi-même entrer. Maintenant, que dirai-je de l'étang dans lequel je laissai la meilleure partie de ma queue !

— En vérité, répondit Renart, ce n'est pas sérieusement qu'on m'adresse de pareils reproches. Quand nous allions à l'étang, Ysengrin avait si grande envie de prendre poissons, qu'il ne crut jamais en avoir assez. C'est pour lui que le vilain dit : *Celui-là perd tout qui tout convoite.* Quand il sentit venir les turbots, pourquoi n'a-t-il pas quitté la place, sauf revenir une ou deux autres fois ? Mais sa gloutonnerie parlait plus haut. J'allai l'avertir, il me répondit par un hurlement furieux, et c'est alors que las d'attendre je le laissai à la besogne. S'il ne s'en trouva pas bien, à qui la faute ? Ce n'est assurément pas moi qui mangeai les poissons.

— Renart, reprit Ysengrin, tu sais fort bien donner le change à ceux que tu trompes, et tu m'as, toute ta vie, trompé. Un autre jour, ayant un peu trop mangé de jambon et me sentant le gosier sec, tu me fis accroire qu'une clef de cellier était tombée entre tes mains, et que tu avais la garde du vin. J'allai dans le cellier, mauvais traître ; tu m'y régalas les oreilles de mauvaises chansons, et j'eus, grâce à toi, les côtes rouées de coups.

— Pour cela, dit Renart, je m'en souviens, et les choses se sont autrement passées. Tu te laissas prendre à la plus honteuse ivresse ; tu voulus chanter les heures canoniales, et tu fis un tel bruit que tous les gens du village accoururent. Je n'avais pas, comme toi, perdu la raison ; quand je les vis approcher, je m'éloignai. Me fera-t-on un crime d'avoir su garder mon bon sens ? Si tu te laissas battre, en suis-je responsable ? *Qui cherche mal, mal lui vient*, on l'a dit pour la première fois il y a longtemps.

— C'est encore apparemment par l'envie de m'être agréable qu'un jour, avec de l'eau bouillante, tu me traças une couronne qui me mit la tête à nu et m'enleva toute la fourrure des joues ? Une autre fois, tu m'offris la moitié d'une anguille que tu avais larronnée, mais pour me faire donner dans un nouveau piège. Je m'enquis où tu l'avais trouvée ; c'était à t'entendre sur une charrette qui en était tellement encombrée que les conducteurs voulaient en jeter une partie pour alléger les chevaux. Ils t'avaient même invité à prendre place auprès d'eux, pour en manger plus à ton aise. À force de m'engager à suivre ton exemple, j'allais me poster sur le chemin des charretiers, et en fus payé de tant de coups de bâton que mon dos en est encore meurtri. Mais la plus longue journée d'été ne suffirait pas à conter tous les maux, tous les ennuis dont je te suis redevable. Heureusement, nous voici devant la Cour, où la renardie ne peut être de grand secours.

— La Cour fera comme moi, elle ne comprendra rien à vos accusations. Déjà ceux qui nous entendent ont peine à revenir de leur surprise et vous tiennent pour sot d'avoir si mal coloré vos mensonges. Pouvez-vous donc perdre votre âme aussi gratuitement ?

— En voilà trop, reprend Ysengrin, la fureur dans les yeux, je n'attends que le congé du Roi pour demander contre le traître la bataille en champ clos.

— Et moi, dit Renart, je la désire au moins autant que vous. »

Aussitôt l'un et l'autre présentèrent leurs gages ; le Roi les reçut sans hésiter ; toute la Cour reconnaissait que la bataille était inévitable : d'ailleurs on pensait qu'à moins d'une adresse surnaturelle, Renart ne pourrait soutenir l'effort du terrible Ysengrin.

Combat de Renart et d'Ysengrin

Du grand et mémorable combat de seigneur Renart et de messire Ysengrin ; et comment le jugement de Dieu donna gain de cause à qui avait le meilleur droit.

Renart ne se vit pas en face d'Ysengrin sans inquiétude. Il avait bien été mis aux lettres, il savait même assez de magie ; mais au moment de dire les mots qui servent pour les combats singuliers, il les avait oubliés. Cependant, persuadé que l'escrime avait une vertu suffisante, il empoigne son bâton, le fait deux ou trois fois brandir, tourne la courroie sur son avant-bras, embrasse son écu et paraît aussi ferme qu'un château défendu par de hautes murailles. Voyons maintenant ce qu'il saura faire.

Ysengrin attaque le premier : c'était le droit de l'offensé. Renart s'incline et le reçoit, l'écu sur la tête. Ysengrin frappait et injuriait en même temps :

« Méchant nain ! que je sois pendu si je ne venge ici ma femme épousée !

— Faites mieux, sire Ysengrin ; prenez l'amende que je vous offre. Les chevaliers de ma parenté vous feront hommage, je quitterai le pays, j'irai outre mer.

— Il s'agit bien de ce que tu feras en sortant de mes mains ! Va ! tu ne seras pas alors en état de voyager.

— Rien n'est moins prouvé. On verra qui demain sera le mieux en point.

— J'aurai vécu plus d'un jour, si tu vois la fin de celui-ci.

— Mon Dieu, moins de menaces et plus d'effets ! » Ysengrin se précipite, l'autre l'attend l'écu sur le front, le pied avancé, la tête bien couverte. Ysengrin pousse, Renart résiste et d'un coup de bâton adroitement lancé près de l'oreille, il étourdit son adversaire et le fait chanceler. Le sang jaillit de la tête, Ysengrin se signe, en priant le Dieu qui ne ment de le protéger. Est-ce que, d'aventure, sa femme épousée serait complice de Renart ? Il voyait cependant trouble : à qui lui eût demandé s'il était tierce ou none et quel temps il faisait, il aurait eu grand peine à répondre. Renart le suivait des yeux, et s'il hésitait à prendre l'offensive, au moins se préparait-il à bien soutenir une deuxième attaque.

« Eh ! que tardez-vous, Ysengrin ? pensez-vous la bataille finie ? »

Ces mots réveillent l'époux de Hersent ; il avance de nouveau ; le pied tendu, il brandit son bâton et le lance d'une main sûre. Renart l'esquive à temps et le coup ne frappe que l'air.

« Vous le voyez, sire Ysengrin, Dieu est pour mon droit, vous aviez jeté juste et pourtant vous avez donné à faux. Croyez-moi, faisons la paix, si toutefois vous tenez à votre honneur.

— Je tiens à t'arracher le cœur, et je veux être moine si je n'y parviens. »

Ysengrin retourne à la charge, le bâton dissimulé sous l'écu, puis tout à coup il le dresse et va frapper Renart à la tête. L'autre avait amorti le coup en se baissant ; et profitant du moment où l'ennemi se découvre, il l'atteint de son bâton assez fortement pour lui casser le bras gauche. On les voit alors jeter leurs écus de concert, se prendre corps à corps, se déchirer à qui mieux mieux, faire jaillir le sang de leur poitrine, de leur gorge, de leurs flancs. Le combat redevient égal par la perte qu'Ysengrin a faite de son bras. Combien de passes et de tours l'un sur l'autre, avant qu'on puisse deviner qui l'emportera ! Ysengrin a pourtant les dents les plus aiguës ; les ouvertures qu'il pratique dans la pelisse de son ennemi sont plus larges et plus profondes. Renart a recours au tour anglais : il serre Ysengrin en lui donnant le jambet ou croc-en-jambe qui le renverse à terre. Sautant alors sur lui, il lui brise les dents, lui crache entre les lèvres, lui arrache les moustaches avec ses ongles et lui poche les yeux de son bâton. C'en était fait d'Ysengrin :

« Compère, lui dit Renart, nous allons voir qui de nous deux a droit. Vous m'avez cherché querelle à propos de dame Hersent : quelle folie de vous être soucié de si peu de chose, et comment peut-on mettre confiance dans une femme ! Il n'en est pas une qui le mérite ; d'elles sortent toutes les querelles, par elles la haine entre les parents et les vieux amis ; par elles les compères en viennent aux mains ; c'est la source empoisonnée de tous désordres. On me dirait d'Hermeline tout ce qu'on voudrait, je n'en croirais pas un mot, et je ne mettrais pas assurément ma vie en danger pour elle. »

Ainsi raillait le faux Renart, tout en faisant pleuvoir les coups sur les yeux, le visage d'Ysengrin, tout en lui arrachant le cuir avec le poil. Mais par un faux mouvement, le bâton dont il joue si bien sur le corps de son ennemi lui échappe ; Ysengrin met le moment à profit, il allait se relever, son bras cassé l'en empêche. Renart conservait donc l'avantage, quand, pour son malheur, il avance les doigts dans la mâchoire d'Ysengrin qui les serre avec ses dents de reste, et pendant que la douleur fait jeter un cri à Renart, l'autre débarrasse son bras droit, le passe au dos de son adversaire, le fait descendre, et lui monte à son tour sur le ventre. Voilà les rôles changés : Renart, entre les genoux d'Ysengrin, implore non pas son ennemi, mais tous les saints de Rome, pour éviter le salaire du faux serment qu'il a prêté. Et comme Ysengrin ne lui épargne pas les coups, il s'évanouit, devient froid comme glace, en déclarant vouloir mourir avant de se démentir et se reconnaître vaincu. Après l'avoir battu, frappé, laissé pour mort, Ysengrin se relève ; il est proclamé vainqueur. Les barons accourent de tous côtés pour le féliciter et lui faire cortège. Jadis les Troyens n'eurent pas autant de joie quand ils virent entrer Hélène dans leur ville, que n'en témoignent Brun l'ours, Tiecelin le corbeau, Tybert le chat, Chantecler le coq et Rooniaus le mâtin quand ils voient la défaite de Renart. Vainement les parents du vaincu s'interposent près du Roi ; Noble ne veut rien entendre, il ordonne que le traître soit pendu sur-le-champ. Tybert se met en mesure de lui bander les yeux ; Rooniaus lui liait les poings, quand le malheureux Renart exhala un soupir annonçant qu'il vivait encore, et ses premiers regards se portèrent sur les apprêts de son supplice.

Moniage de Renart

Comment Renart, confessé par Belin, fut sauvé de la corde, et comment frère Bernart, un saint homme, voulut en faire un bon moine.

Renart, pour mieux se reconnaître avant de mourir, demande qu'on lui donne au moins un confesseur. Grimbert fait aussitôt avertir Belin ; le bon prêtre arrivé reçoit la confession et règle les conditions de la pénitence, en raison de la gravité des péchés. Pendant qu'il le confessait, vint à passer frère Bernart, lequel arrivait de Grandmont. Il rencontre en son chemin Grimbert et lui demande ce qu'il avait à pleurer.

« Ah ! beau sire, je pleure le malheur de seigneur Renart que l'on va pendre ; personne n'ose parler au Roi pour lui. C'était pourtant un chevalier de grande loyauté, plein de gentillesse et de courtoisie. »

Au grand deuil que mènent Grimbert et Espinart le hérisson, Bernart se sent ému de pitié ; si bien qu'il va trouver le Roi avec l'intention de demander qu'on lui remette Renart, pour en faire un moine de sa maison.

Frère Bernart était le religieux le mieux aimé de messire Noble. En le voyant entrer, le Roi se lève et le fait asseoir près de lui. Bernart aussitôt lui demande la vie du coupable ; mais Noble, au lieu de répondre, le regarde d'un air mécontent :

« Ah ! sire, reprend Bernart, veuillez accorder ma demande ; qui tient à ses ressentiments ne doit pas espérer de voir jamais Dieu le père. Si Jésus-Christ pardonna sa mort, n'ouvrirez-vous pas votre cœur à la clémence ? Grâce ! grâce pour le pécheur, s'il est réellement touché de l'amour de Dieu, comme sa confession le témoigne. Accordez sa vie à l'affectation que vous avez pour moi ; je ne suis venu vous trouver que pour empêcher son supplice. Je veux le faire ordonner moine, je veux effacer ses vieux méfaits, le rendre un sujet d'édification générale. Dieu ne veut pas la mort du pécheur, et dès qu'il le voit repentant, il lui accorde le salut éternel. »

Noble écoute et sent peu à peu fléchir sa résolution. Il ne voudrait pas refuser quelque chose à Bernart ; il lui remet enfin le coupable en lui laissant la liberté d'en disposer comme il l'entendra. C'est ainsi que Renart fut tiré de prison. On l'instruisit de la règle de l'ordre, on le revêtit des draps de l'abbaye, il devint moine. Quinze jours n'étaient pas écoulés, qu'il avait vu toutes ses plaies cicatrisées, et qu'il était aussi bien portant que jamais. On était édifié de lui voir si bien retenir tous les articles de la doctrine chrétienne, et remplir si pieusement les devoirs d'un excellent religieux ; chacun des frères le chérissait et le considérait. La principale étude de frère Renart était pourtant de leur donner le change et de les tromper tous, à force de papelardise.

Aucunes gens disent qu'il demeura dans l'abbaye jusqu'à la fin de ses jours et qu'on l'eût canonisé, si sa fausse dévotion n'avait pas été révélée, après sa mort, à un saint et pieux ermite dont Renart avait plus d'une fois mangé la pitance. D'autres disent que tout en suivant le service divin, le frère Renart ne laissait pas de penser souvent aux belles poules dont la tendre graisse lui allait si bien au cœur. La tentation souvent renouvelée fut enfin la plus forte ; mais grâce au saint habit qu'il portait, il put tromper longtemps la confiance des moines. L'ennui l'avait pris de jeûner, de veiller pour ne rien prendre, de suivre le chant des offices au lieu de faire chanter seigneur Tiecelin ou Chantecler. Un jour, après le service qu'il avait entendu d'une extrême dévotion, on ne fut pas surpris de le voir demeurer derrière les autres, le nez dans son bréviaire. Au sortir du monastère, il vit entrer dans l'infirmerie quatre beaux chapons que Thibaut, un riche bourgeois de la ville voisine, venait offrir à l'Abbé. Frère Renart se promit d'en caresser longuement ses moustaches.

« Décidément, se dit-il, tous ces gens qui font vœu d'abstinence ne vont pas avec moi de compagnie. »

La nuit venue, frère Renart sortit de sa cellule, prit le chemin de l'infirmerie, trouva l'endroit où les chapons gardaient l'espoir de vivre quelques jours encore, les étrangla tous les quatre et commença par se faire bonne bouche de l'un d'eux. Puis sans prendre congé du seigneur Abbé, il emporta les trois autres chapons sur son cou, passa l'enclos, jeta son froc aux buissons de la haie, et se trouva bientôt en pleine campagne.

C'est ainsi qu'il aurait repris le chemin de Maupertuis et qu'après une longue absence il serait rentré dans ses anciens domaines. Son retour, ajoute-t-on, surprit un peu la bonne Hermeline qui déjà se considérait comme veuve ; si bien qu'elle aurait eu besoin de toute sa vertu pour comprendre la réalité de ce bonheur inespéré. Quelques auteurs médisants ont même assuré qu'elle était au moment de contracter un second mariage avec le jeune Poncet, son cousin germain, quand Renart avait abandonné l'abbaye ; et pour rentrer dans Maupertuis, le faux religieux aurait pris un déguisement de jongleur anglais. C'est, entre nous, un méchant bruit qui, par malheur, n'a pas été démenti ; mais à Dieu ne plaise que nous voulions en noircir la réputation d'une bonne dame dont personne, jusque-là, ne s'était avisé de soupçonner la tendresse maternelle et la fidélité conjugale !

Librio +

Le dossier de l'élève

Des pages en + pour s'approprier le texte,
le comprendre sans notes, et s'exercer !

▪ Fiche élève 1 : Lire sans notes

1. De Renart à renard...

a. Dans le dictionnaire, cherchez le sens du mot *goupil*.

b. Pour quelle raison le mot *renard* a-t-il remplacé aujourd'hui le mot *goupil* ?

c. *Renart* est à l'origine un prénom qui vient de *Reginhart* ou *Reinhart*, formé sur *ragin*, « conseil », et *hart,* « fort ». Ce nom évoque donc un conseiller puissant. Trouvez quatre prénoms qui se terminent par le suffixe *–ard* (provenant de *hart*).

d. Il existe un autre suffixe *–ard* en français qui sert à former des noms, souvent (mais pas nécessairement) péjoratifs.

Ex : baver à *bavard ;* boire à *buvard.*

Formez les noms en *–ard* à partir des mots suivants :

fête, soif, babiller, débrouiller, grogner, campagne, pleurnicher, cloche, banlieue.

2. Renart, un personnage rusé...

> Au personnage du goupil est associé l'esprit de ruse : Renart séduit, captive, enjôle ses compagnons d'aventure. Il se gabe, se moque de ses camarades dans ses différentes aventures. Pire encore, il est désigné durant son procès comme un personnage déloyal, un félon (traître), un meurtrier, un voleur. Il n'en demeure pas moins un personnage sympathique qui fait rire le lecteur par son esprit facétieux.

a. Classez les mots suivants, du terme le plus faible au terme le plus fort :

Tromperie / ruse / fourberie / perfidie / trahison / duperie / entourloupe.

b. Trouvez des synonymes du mot *piège*.

c. Classez les mots suivants en deux colonnes selon qu'ils signifient courageux ou peureux :

Hardi / timoré / brave / couard / craintif / audacieux / poltron / téméraire / preux / intrépide / pleutre / intimidé.

d. Dans l'épisode de « Renart et Tiecelin », relevez les termes qu'emploie Renart pour désigner Tiecelin le corbeau. Ces termes sont-ils mélioratifs ou péjoratifs ?

e. Dans la phrase « Cousin, fait alors Chantecler, vous voulez apparemment railler », expliquez le sens du verbe « railler ».

3. La représentation de la société féodale dans le *Roman de Renart*.

a. Dans les deux premières pages de la branche « Renart et Chantecler », relevez deux noms qui évoquent l'organisation de la société féodale.

b. Quelle différence faites-vous entre un vilain et un serf ?

Le *Roman de Renart* est un texte qui parodie les Chansons de geste du Moyen Âge qui mettaient en scène des chevaliers. La société animale du *Roman de Renart* est structurée comme la société féodale avec un roi lion, appelé « Noble » ; une reine lionne, « Fière » ; un connétable, « le loup Ysengrin » ; et des Seigneurs comme « Brun l'ours ».

c. À partir de votre lecture, proposez une définition des mots suivants :

larron, compère, commère, baron, seigneur, vavasseur, connétable.

4. Le lexique du quotidien médiéval : la nourriture.

a. Utilisez dans de courtes phrases, les synonymes suivants : les victuailles ; les vivres ; la pitance ; les provisions ; les mets.

b. Décrivez une table médiévale où se trouveraient les mets suivants : anguilles, jambons, bacons, volaille, andouille, lard, chapon.

c. Classez les expressions selon le registre de langue auquel elles appartiennent (familier, courant ou soutenu). Vous pouvez vous aider du dictionnaire.

Se lécher les babines ; se délecter ; se régaler ; becqueter ; manger ; chipoter ; ronger ; boustifailler ; bâfrer ; ingurgiter ;

déguster ; se sustenter ; se goinfrer ; savourer ; se rassasier ; faire bombance.

5. Le vocabulaire de la justice dans la branche « Le procès de Renart ».

Retrouvez les définitions des mots suivants : témoignage ; défendre ; adjurer ; verdict ; plainte ; querelle ; alléguer ; expédient ; outrage ; serment ; accusation ; procès.

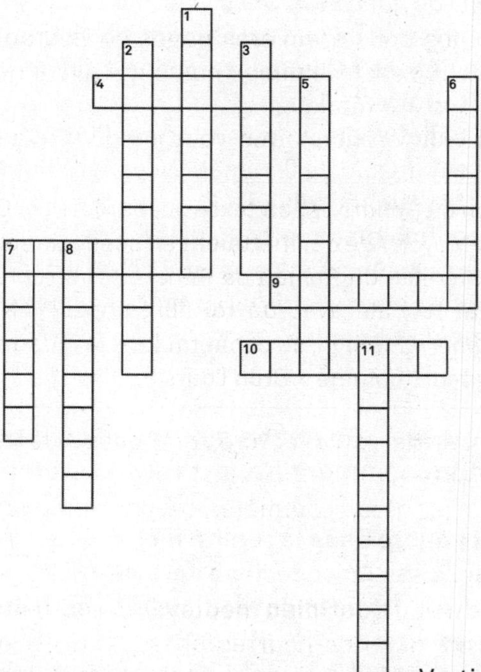

Horizontal

4. Soutenir quelqu'un et plaider en sa faveur.
7. Dénonciation d'une infraction par la personne qui en a été victime.
9. Promesse solennelle.
10. Offense, injure grave.

Vertical

1. Discussions où les adversaires s'opposent vivement.
2. Texte, propos rapportant des faits vécus.
3. Supplier.
5. Moyen provisoire de se sortir d'embarras.
6. Jugement rendu sur la culpabilité de l'accusé.
7. Conflit soumis à un tribunal.
8. Citer un texte, un passage, un fait comme preuve de ce qu'on affirme.
11. Fait de rapporter à quelqu'un une action coupable.

6. Questionnaire de lecture : « Renart, Tybert et le piège »

a. Peut-on dire que Renart et Tybert sont amis ? Justifiez votre réponse en citant le texte.

b. Quelles phrases dans cet épisode montrent que Renart a faim et se trouve très fatigué ?

c. Relevez les adjectifs qui permettent de décrire le chat depuis « Quant à Tybert » jusqu'à « effilés ».

d. Quel projet Renart nourrit-il contre Ysengrin ? Qui sont « les vaillants soudoyers ? »

e. *« Car notre poète fait volontiers voyager ses héros comme nobles gens de guerres ».* Qui s'exprime dans cette phrase ?

f. Ne trouvez-vous pas surprenant qu'un chat et un renard montent à cheval ? Comment appelle-t-on ce procédé dans un texte littéraire ?

g. Un « collet » est un piège formé d'un nœud qui doit se serrer autour du cou de l'animal. Qu'espère Renart en proposant une chevauchée à Tybert ?

h. Qui est finalement pris au piège ?

i. Trouvez un synonyme au mot « chien » dans le texte.

j. Expliquez avec vos propres mots l'expression « à trompeur, trompeur et demi ».

■ Fiche élève 2 : La pêche aux anguilles (pages 30 à 32). Comprendre comment Renart ruse et trompe Ysengrin.

1. Un texte ancré dans la réalité médiévale.

a. À quelle saison ce récit se déroule-t-il ?

b. Décrivez précisément les conditions météorologiques en citant le texte.

c. Quels sont les éléments dans ce texte qui évoquent la campagne au Moyen Âge ?

2. Une partie de pêche bien singulière.

a. Qui sont les deux personnages qui discutent au début du texte ? Quel est leur lien de parenté ?

b. Expliquez en quoi consiste cette partie de pêche. Quelle est la méthode employée pour pêcher ?

c. Relevez les traits où s'expriment la ruse et l'ironie de Renart. Comment s'y prend-il pour décider Ysengrin ?

d. De quelle manière Ysengrin est-il piégé ? Quels personnages interviennent à la fin et menacent le loup ?

3. Le détournement de la morale.

a. Relevez la morale dans ce texte. À quel temps est-elle rédigée et quelle est la valeur exprimée par ce temps ? Par quel personnage est-elle énoncée ?

b. Quel personnage Ysengrin menace-t-il physiquement ? Que perd-il dans l'affrontement ? Ysengrin parvient-il à s'échapper ?

c. Quels traits de caractère du loup sont finalement soulignés dans cet épisode ?

4. Sujet d'invention 1 : adopter le point de vue d'un personnage (texte court : 15-20 lignes).

Rédigez un court récit dans lequel Renart, de retour au logis, raconte son aventure à sa famille.

– Insistez sur les sentiments qu'il a éprouvés.

– Écrivez à la première personne du singulier et employez les temps du récit (imparfait et passé simple).

– Utilisez les verbes suivants : songer, imaginer, se réjouir, duper, se divertir, redouter, détaler.

5. Sujet d'invention 2 : inventer une nouvelle ruse de Renart (texte long : 30-40 lignes).

– Choisissez un cadre pour votre histoire : une friche, une forêt, un poulailler, une grange, une cave, une ferme, etc.

– Utilisez des mots du quotidien médiéval (voir fiche élève 1).

– Choisissez des personnages précis : quel animal Renart va-t-il tromper ?

– Personnifiez vos animaux (rappel : la personnification est une figure de style qui donne aux animaux un langage, des actions ou des comportements humains).

– Déterminez le type de ruse que vous voulez raconter : la ruse reposera-t-elle sur la flatterie ? Sur un piège que Renart aura installé ? Sur un déguisement ?

– Employez le présent de l'indicatif pour rendre votre texte plus vivant.

– Faites intervenir le narrateur : « Seigneurs, écoutez la

triste mésaventure qui arriva à... » ; « Écoutez quel incroyable tour Renart joua à son compère ! »

■ Fiche élève 3 : « Renart et Noiret », lecture et orthographe.

1. Lecture analytique

a. Pourquoi Renart se résigne-t-il « à quitter sa retraite » ?

b. Sur quelle ferme Renart fixe-t-il son choix ? Qui est Noiret ?

c. Le vilain réussit-il à défendre ses bêtes ?

d. Montrez que ce chapitre est une parodie du serment de l'hommage (le vassal prête serment de fidélité et d'assistance à son suzerain en échange le suzerain s'oblige à protéger son vassal et lui concède un fief).

e. De quelle manière Noiret échappe-t-il à Renart ?

2. Préparer la dictée

a. Conjuguez au présent de l'indicatif le verbe « reverdir ». À quel groupe verbal ce verbe appartient-il ?

b. Quelle différence faites-vous entre les homophones « ou » et « où » ? Comment pouvez-vous les distinguer ?

c. Mettez au pluriel les groupes nominaux suivants :

– une chanson nouvelle
– un cri lamentable
– la fleur de l'aubépin
– Le château
– La route frayée
– Toute sa joie
– La sainte relique

d. Complétez ce titre : *Les .... et Une Nuits.*

e. Retrouvez la terminaison du passé simple pour les verbes du premier groupe à la troisième personne du singulier.

Rappel : pour trouver le sujet d'un verbe, on pose la question : « qui est-ce qui fait l'action ? »

f. Écrire au tableau le nom propre « Maupertuis ».

3. Dictée

« C'était au mois de mai, temps où monte la fleur sur

l'aubépin, où les bois, les prés reverdissent, où les oiseaux disent, nuit et jour, chansons nouvelles. Renart seul n'avait pas toutes ses joies, même dans son château de Maupertuis : il était à la fin de ses ressources ; déjà sa famille, n'ayant plus rien à mettre sous la dent, poussait des cris lamentables. [...] Il se résigna donc à quitter cette retraite ; il partit, en jurant sur les saintes reliques de ne pas revenir sans rapporter au logis d'abondantes provisions.

Il entre dans le bois, laissant à gauche la route frayée ; car les chemins ne sont pas faits pour son usage. Après mille et mille détours, il descend enfin dans la prairie. » (p. 18)

4. Réécriture

Réécrivez ce passage en remplaçant « il » par la troisième personne du pluriel (« ils ») et faites toutes les modifications qui s'imposent.

« Il s'élance, franchit le ruisseau, se coule dans la haie, s'arrête, et déjà ses barbes frissonnent de plaisir à l'idée de la chair savoureuse d'un gros chapon qu'il avise. Immobile, aplati sous une tige épineuse, il guette le moment, il écoute. » (p. 19-20)

■ Fiche élève 4 : Lire à voix haute et de manière théâtrale une satire de récit épique : le combat de Renart et Ysengrin (pages 76 à 78).

Vous allez apprendre à lire et jouer un texte de façon expressive. Il vous faut pour cela vous appuyer sur les indices du texte et vous assurer que vous l'avez bien compris.

1. Travail préparatoire :

a. Repérez les différentes voix qui se mêlent dans le récit.

b. Formez un groupe de trois élèves ; chaque élève se répartira une voix et identifiera les différentes répliques qu'il doit lire.

c. Identifiez le registre du récit. Déduisez-en le ton à employer.

d. Relevez dans le texte les éléments qui rappellent que les deux personnages qui s'affrontent sont des animaux et ceux qui les identifient comme des chevaliers. Que remarquez-vous ?

e. Comment faut-il lire la troisième voix : celle qui porte le récit du combat sans y prendre part directement ?

f. Quels gestes pourriez-vous ajouter à votre lecture pour la rendre plus vivante ?

g. Pour mieux appréhender votre personnage, choisissez trois adjectifs qui le caractérisent.

Quelques conseils : soyez expressif : utilisez des gestes, déplacez-vous dans l'espace, modulez votre voix comme un comédien au théâtre.

■ Fiche élève 5 : Pour aller plus loin : se servir d'animaux pour représenter les hommes.

Étude du film *Fantastic Mr. Fox* de Wes Anderson, sorti en France en 2010.

Fantastic Mr. Fox est une adaptation du roman de Roald Dahl, *Fantastique Maître Renard*. Comme dans le *Roman de Renart*, les animaux sont des héros avec des attitudes très humaines.

1. Les personnages de *Fantastic Mr. Fox* : des animaux et des hommes.

a. Recopiez et complétez le tableau suivant.

Nom	Espèce	Caractéristiques
Mr. Fox		
Félicity		
Ash		
Kristofferson		
Blaireau		
Kylie		
Franklin Bean		

Nathan Bunce		
Walter Boggis		
Rat		

b. Quelle est la particularité des trois humains ? Que pensez-vous de leur comportement ?

c. Les animaux dialoguent-ils avec les humains ?

d. Tous les animaux du film sont-ils personnifiés ?

2. Des animaux de moins en moins sauvages.

a. Au début du film, quelle est la couleur dominante des images ? Dans quel paysage Mr. Fox apparaît-il pour la première fois ? Que cueille-t-il ? Comment lui et sa femme se nourrissent-ils ?

b. Dans quel lieu se trouve réunie la famille à la fin du film ? Comment se nourrissent-ils ? Quelle boisson Mr. Fox choisit-il pour son toast ?

c. Tout comme Ysengrin dans le *Roman de Renart*, Mr. Fox perd quelque chose. Que représente cette perte selon vous ?

d. Mr. Fox répète constamment que lui et ses congénères sont des animaux sauvages. Parmi ces scènes, classez en deux colonnes celles qui relèvent du côté animal et celles qui relèvent de l'humain.

– Mr. Fox vole et tue d'un coup de dents les poules.
– Mr. Fox écrit des chroniques dans le journal local.
– Mr. Fox et les animaux en général se tiennent debout, sur leurs pattes arrières, et vivent dans des locaux aménagés (mobilier, radio, téléphone…) avec des éléments décoratifs. Ils portent des vêtements.
– Ash et Kristofferson dévorent les biscuits voracement ; Fox engloutit son petit-déjeuner.
– Fox fait appel à un agent immobilier et à des déménageurs.
– Fox et l'avocat se disputent en montrant les crocs et les griffes.
– Les enfants font de l'éducation physique et sportive.
– Les animaux creusent le sol pour s'enfuir.

– Les animaux ont des loisirs (peinture, méditation, pêche, karaté...).

– Les enfants font des expériences de science dans une salle de classe.

– Félicity lèche Ash pour le débarrasser de la boue qu'il a sur le visage.

3. La scène de rencontre entre Mr. Fox et le loup.

a. Quelle est la phobie de Mr. Fox ?

b. Durant cette scène de rencontre entre les deux animaux, que pouvez-vous dire sur la division des couleurs et des saisons ?

c. En quoi le loup et Mr. Fox sont-ils différents ?

d. Comment peut-on interpréter le signe qu'ils échangent ?

> « La scène de la vision du loup, ces renards en costumes anglais juchés sur un side-car, qui n'arrêtent pas de parler, et qui voient subitement dans la campagne un loup, comme l'apparition muette d'un frère véritablement sauvage, c'est devenu un climax vers quoi tout converge. Le sens du film, un peu abstrait sans doute, est contenu dans ce face-à-face. »
>
> Wes Anderson, dans *Libération* du 17 février 2010.

e. Comparez le loup du film *Fantastic Mr. Fox* et le loup Ysengrin du *Roman de Renart*. Connaissez-vous d'autres loups célèbres dans la littérature ?

f. À votre tour, choisissez un animal et collectez ses représentations dans différents types d'œuvres d'art (peintures, œuvres littéraires, films...). Vous présenterez votre travail sous la forme d'un exposé.

Table

Achevé d'imprimer en Italie par Grafica Veneta
en mai 2016
Dépôt légal mai 2016
EAN 9782290125373
OTP L21ELLN000738N001

–

Ce texte est composé en Lemonde journal et en Akkurat

–

Conception des principes de mise en page :
mecano, Laurent Batard

–

Composition : PCA

–

ÉDITIONS J'AI LU
87, quai Panhard-et-Levassor, 75013 Paris
Diffusion France et étranger : Flammarion

Librio
576